BESTSELLERWORLDBOOK 39

이상한 나라의 앨리스

루이스 캐롤 지음 | 이동민 옮김

소담출판사

이동민

경희대학교 국문학과를 졸업하고
잡지사 기자를 거쳐 번역일에 종사하고 있다.
역서로 『안데스의 음모』 『히치콕 서스펜스 걸작선』 『백정들의 미사』
『세월 속에 피는 꽃』 『로스카의 딸』 『질투』 『마이크로 결사대』 등 다수가 있다.

sodampublishingcompany

BESTSELLERWORLDBOOK 39

이상한 나라의 앨리스

펴낸날 | 1993년 4월 30일 초판 1쇄
        1996년 6월 10일 중판 1쇄
        2003년 11월 20일 중판 20쇄

지은이 | 루이스 캐롤
옮긴이 | 이동민
펴낸이 | 이태권
펴낸곳 | 소담출판사
        서울시 성북구 성북동 178-2 (우)136-020
        전화 | 745-8566~7 팩스 | 747-3238
        e-mail | sodam@dreamsodam.co.kr
        등록번호 | 제2-42호(1979년 11월 14일)

ISBN 89-7381-039-1 00840
● 책 가격은 뒤표지에 있습니다.

www.dreamsodam.co.kr

Alice's Adventures In Wonderland

Lewis Carrol

그녀는 귀여운 동생이 세월이 흘러
성숙한 여인이 되었을 때의 모습을 그려보았다.
어린 시절 행복했던 여름날을 기억하며
그때 하찮은 짐승들이 슬퍼해도 같이 슬퍼하고,
기뻐하면 같이 기뻐하던 아름답고 따뜻한 감정을
그대로 지니고 있을까를 생각하고 있었다.

이 사진은 지은이 루이스 캐롤이 재직한 옥스포드 크라이스트 처어치 학교의 학장인 리델의 딸 앨리스로 1857년에 촬영한 것이다. 당시 7세의 앨리스는 이 책의 실제 모델이기도 하다.

Alice's Adventures
In Wonderland

차례

토끼 굴로 떨어지다

앨리스는 언덕 위에서 책을 보고 있는 언니 곁에서 꼼짝않고 앉아 있는 것이 지겨웠다. 아무 것도 할 일이 없었던 것이다. 언니가 읽고 있는 책을 한두 번 넘겨다봤으나, 그 책에는 그림 하나, 대화 한 줄 보이지 않았다. '도대체 무슨 재미로 저런 책을 읽지?' 생각만 해도 짜증 스러워졌다.

'그림도, 이야기도 한 줄 없는데…….'

마침내 앨리스는 그들이 앉아 있는 언덕 밑에 펼쳐진 풀밭에서 데이지꽃이나 꺾어 목걸이나 만들어 볼까 하는 생각을 해보았다. 그러나 그것도 귀찮을 것 같아 할까말까 하고 망설이고 있을 때(날씨가 따뜻해서 쏟아지는 졸음으로 머리는 텅 비고 온몸이 나른한 상태였기 때문이다), 어디서 나타났는지 갑자기 눈알이 빨갛고 털이 하얀 토끼 한 마리가 그녀 앞에 나타났다.

그것은 그다지 관심을 끌 만한 일이 못되어서 그랬는지 토끼가 혼잣말로 「큰일났네! 이러다간 늦겠는데.」 하고 중얼거렸을 때도 앨리스는 놀라지 않았다(나중에 생각해 보니 놀라지 않은 게 이상한 일이었으나, 그 당시에는 너무 당연한 것처럼 느껴졌다). 그러나 토끼가 조끼 주머니에서 시계를 꺼내 들여다보고는 서둘러 뛰어가기 시작하자, 앨리스는 벌떡 일어났다. 토끼가 조끼를 입는다거나 시계를 가지고 다닌다는 이야기를 지금가지 들어본 적이 없다는 생각이 불현듯 들었던 것이다.

앨리스는 치미는 호기심으로 토끼의 뒤를 쫓아 들판을 가로질러 부지런히 뛰어갔다. 마침 언덕배기 밑의 굴로 뛰어 들어가는 토끼의 모습을 발견하고, 토끼의 뒤를 따라 굴로 들어섰다. 그녀는 어떻게 이 세상으로 다시 나올 것인가는 전혀 생각이 없었다.

토끼 굴은 어느 정도까지는 기차 터널처럼 반듯하게 뚫려 있는 것 같더니 갑자기 밑으로 쑥 꺼졌다. 너무 갑작스러운 변화고 급경사라 멈춰서야 한다는 생각마저 할 겨를도 없이, 앨리스의 몸은 허공에 떠 깊고 깊은 우물 같은 구덩이 속으로 떨어져 내리고 있었다.

구덩이가 한없이 길기도 했지만, 그녀의 몸은 아주 천천히 떨어져 내리고 있어 주위를 살필 수 있는 여유와 이젠 어떤 일이 닥칠까 하고 염려를 할 충분한 시간이 있었다. 우선 밑을 내려다보고 자신에게 닥쳐올 것이 무엇인가를 알아보려 했으나, 너무 어두워 아무 것도 보이지 않아 허사였다. 그래서 떨어져 내리고 있는 구덩이의 벽을 살피던 그녀는 놀라지 않을 수 없었다. 주위는 찬장과 책장으로 꽉 들어차 있었고 여기저기에 지도나 그림 따위가 걸려 있는 것도 볼 수 있었다. 너무도 신기한 생각에 선반 위에 얹혀 있는 항아리 하나를 집어들고 보니 자기가 너무나 좋아하는 '오렌지 마아말레이드' 라는 라벨이 붙어 있었지만 항아리는 텅 비어 있었다. 그래도 그녀는 항아리를 던지지 않았다. 혹시 밑에 있는 사람을 다치게 할까 봐서였다. 그녀는 아래로 떨어져 내리면서도 그것을 어느 선반 위에 올려놓았다.

「어머나!」

이런 자기 자신에게 앨리스는 놀랐다.

「이렇게 떨어지면서도 다른 사람이 다칠까봐 걱정하고 있으니! 식구들이 이걸 알면 날 얼마나 용감하다고 할까! 하지만 난 말하지 않을 거야. 이대로 우리 집 지붕 위에 떨어진다고 해도!」

이것은 앨리스의 솔직한 심정이었다.

자꾸만 자꾸만 떨어져 내리고 있었다. 언제까지나 떨어지고만 있을 건가?

「지금까지 몇 마일이나 떨어져 내렸을까?」 앨리스가 큰소리로 말했다. 「아마 지구 중심부에 가까워졌을 거야. 얼마더라? 그래 4천 마일쯤 된다고 했어……(짐작하시겠지만 앨리스는 과학 시간에 이런 것들을 배운 적이 있었다. 지금은 아무도 듣는 사람이 없어 자신의 지식을 자랑하기에 좋은 기회가 아니었지만, 그래도 소리내어 말한다는 것은 훌륭한 연습이 될 것이라는 생각이 들었다). 그래, 그 정도 거리쯤 될 거야. 그렇다면 위도나 경도로는 어떻게 될까?」 (사실 앨리스는 위도나 경도에 대해서 별로 아는 것이 없었지만 이럴 때 그럴듯한 말을 할 수 있는 자신이 기분 좋았다.)

앨리스는 모르는 것도 아는 척하며 계속 중얼거렸다.

「이러다간 지구를 뚫고 나가게 될 거야! 머리를 땅으로 향하고 걷는 사람들을 만나게 되면 얼마나 재미있을까! 틀림없이 물구나무를 하고 걷겠지?(앨리스는 이번엔 아무도 듣지 않아 다행으로 생각했다. 자기가 생각해도 괴상한 이야기였기 때문이다.) 그렇다면 그곳이 어느 나라인지 물어 봐야지. '저 말씀 좀 여쭙겠습니다만 여기가 뉴질랜드인가요, 아니면 오스트레일리아인가요?' (앨리스는 이렇게 말하면서 예의를 차려 목례를 했다—허공으로 떨어져 내리면서 이런 몸짓을 할 수 있다는 게 이상하기만 했다. 정말 가능한 일인가?) 그러면 그 사람은 날 얼마나 무식한 아이라고 생각할까? 아냐, 물어보지 말자. 어딘가에 틀림없이 쓰여 있을 거야.」

자꾸만 자꾸만 떨어져 내리고 있을 뿐 앨리스는 별로 할 일이 없어 다시 중얼거리기 시작했다.

「다이나가 오늘 밤 날 무척 찾을 거야. 내가 왜 그 생각을 못했지!(다이나는 그녀가 사랑하는 고양이였다.) 차 마시는 시간에 우유를 꼭 줘야 할텐데. 귀여운 다이나, 지금 네가 내 옆에 있다면 얼마나 좋겠니? 이런 허공엔 쥐가 없어서 걱정이지만 박쥐는 있을 거야. 박쥐는 쥐하고 거의 비슷하게 생겼거든. 하지만 고양이가 박쥐를 먹을까……?」

앨리스는 졸립기 시작했다. 그러나 앨리스는 꿈속에서처럼 「고양이가 박쥐를 먹을까? 고양이가 박쥐를 먹을까?」 하다가는, 「박쥐가 고양이를 먹을까? 박쥐가 고양이를 먹을까?」로 뒤바뀐 것도 모르고 계속 중얼거리는 것이었다. 어차피 대답을 기대하는 게 아니었기 때문에, 사실 대상이 뒤바뀌어도 문제는 없었다. 어느덧 잠이 든 그녀는 꿈속에서 다이나와 손을 마주잡고 다정하게 이야기하고 있었다.

「다이나야, 박쥐를 먹어본 적이 있는지 솔직히 대답해 주겠니?」 바로 그 순간 그녀는 '쿵' 소리와 함께 마른풀과 나뭇잎이 수북히 쌓인

더미 위에 엉덩방아를 찧으며 주저앉았다. 이제야 떨어져 내리는 게 끝이 난 것이었다.

조금도 아프거나 다친 데가 없다는 걸 깨달은 앨리스는 벌떡 일어나 주위를 살폈다. 떨어져 내려온 머리 위는 깜깜해서 아무 것도 보이지 않았으나 그녀 앞에는 길다란 길이 나 있었다. 자세히 살펴보니 저 멀리 그 하얀 토끼가 두 귀를 나풀거리며 열심히 뛰어가고 있었다. 망설임 없이 앨리스는 바람처럼 뒤쫓아가 모퉁이 길을 막 돌아서려는 토끼의 모습을 발견할 수 있었다. 토끼는 부지런히 모퉁이를 돌아서며 말했다.

「빌어먹을, 거추장스럽게 귀와 수염은 왜 이다지도 길지! 너무 늦어서 큰일났는 걸.」

앨리스는 토끼의 뒤를 바짝 쫓아 모퉁이를 돌아섰으나, 이게 웬일인가! 토끼의 모습은 보이지 않고 넓고 긴 홀이 있을 뿐이었다. 천장에 일렬로 매달린 램프 빛으로 인해 홀은 밝았으며, 주위에 나란히 문이 있었지만 모두 다 하나같이 잠겨 있었다. 그 문을 하나하나 열어 보려 했으나 허사라는 걸 알게 되었다. 홀 한가운데로 물러 나오며 어떻게 이곳을 빠져나갈지 궁리가 많았다.

문득 다리가 세 개 달린 탁자가 눈에 띄었다. 온통 두꺼운 유리로 되어 있는 것이었다. 그 위엔 자세히 보니 자그마한 황금 열쇠가 있었다. 그것을 본 순간 앨리스는 그것이 어느 문인가의 열쇠일 것이라고 생각했다. 그러나 아, 자물쇠가 너무 큰지 열쇠가 너무 작은지 하나도 맞는 게 없었다. 그래도 아쉬워 다시 한번 돌아가며 맞춰 보는 사이에 그녀는 낮게 드리워진 커튼을 발견할 수 있었다. 조금 전에는 그냥 지나쳐 못 본 것이었다. 그것을 들추니 높이가 40센티 정도의 자그마한 문이 나타났다. 혹시나 하는 생각으로 황금 열쇠를 자물쇠에 꽂으니 세상에, 꼭 맞네!

문을 열어 보니 쥐구멍보다 크지 않은 자그마한 구멍이 나 있었다. 무릎을 끓고 그 구멍을 들여다보니 이제껏 본 적이 없는 아름다운 정원이 보였다. 어두운 이 홀에서 나가 저 아름다운 꽃밭과 분수 사이를 걸을 수 있다면 얼마나 좋을까! 그러나 그 구멍으로는 그녀의 머리조차 빠져나갈 수 없었다.

「하지만 머리만 빠져나간다고 해도 무슨 소용이야……. 어깨가 걸릴 게 아냐……. 내 몸을 망원경처럼 작게 접을 수 있다면 얼마나 좋을까! 어쩌면 그렇게 할 수 있는 방법이 있을지도 몰라.」

이상한 일이 연달아 일어나는 바람에 앨리스는 어느새 불가능한 일은 없다고 생각하기 시작했다.

작은 문 옆에 있어봐야 별 소용이 없다는 걸 깨달은 앨리스는 문에 맞는 열쇠가 있든지 몸을 망원경처럼 줄어들게 하는 방법이 적힌 책이 있어 주기를 막연히 기대하며 테이블이 있는 곳으로 돌아왔다. 그러나 테이블 위에는 작은 병이 하나 있을 뿐이었다. 「아까는 분명히 없었는데……?」 앨리스는 이렇게 중얼거리면서도 이상하게 여기지는 않았다. 그 병의 목 부분에 '마셔요!' 라는 커다란 글씨가 쓰인 종이가 매달려 있었다.

당장 마실 수도 있었지만 영리한 앨리스는 서둘지 않았다.

「아냐, 먼저 잘 살펴봐야 해.」

그녀는 자신을 타이르듯 말했다. 「'독'이란 글자가 있는지 없는지 살펴봐야지.」

앨리스는 책을 많이 읽었기 때문에 커다란 위험이나 불행한 일이 어떻게 생기는지 알고 있었다.

그러나 염려했던 것과는 달리 그 작은 병에는 어디를 살펴봐도 위험물이라는 표시가 없어 앨리스는 모험을 해보기로 결심하고 마시기 시작했다. 기가 막히게 맛이 있었다. (뭐라고 할까. 버찌 파이, 파인애플

주스, 칠면조 튀김, 버터를 듬뿍 바른 토스트 등을 몽땅 하나로 섞어 놓은 것 같다고나 할까?) 그녀는 단숨에 마셔 버렸다.

「정말 이상한 기분이군?」 앨리스는 중얼거렸다. 「내 몸이 망원경처럼 줄어 든 것 같아!」

그것은 정말이었다. 그녀의 키는 잘해야 30센티가 될까말까하게 줄어들어 있었다. 순간 앨리스의 표정이 환하게 밝아졌다. 이제는 저 아름다운 정원으로 나갈 수 있지 않은가!

앨리스는 곧장 문가로 달려갔다. 그러나 아, 이를 어쩌나! 문에 이르러서야 열쇠를 테이블 위에 놓고 왔다는 게 생각났다. 테이블이 있는 곳으로 급히 달려온 앨리스는 크게 실망하고 말았다. 열쇠가 있는 테이블 위는 이제 그녀로서는 까마득히 높은 곳이었기 때문이었다. 그래도 최선을 다해 유리 기둥(테이블 다리)을 기어오르려 했으나 유리 기둥은 미끄럽기만 할 뿐 잡을 것 하나, 발 디딜 곳 한군데 없었던 것이다. 기를 써봤자 힘만 빠질 뿐 지쳐 주저앉은 불쌍한 앨리스는 울기 시작했다.

「아냐. 운다고 무슨 좋은 방법이 생기는 건 아니잖아!」

한참을 울고 난 앨리스는 제법 엄한 목소리로 자신을 꾸짖었다. 「당장 닥쳐!」

눈물을 닦아내던 앨리스는 문득 테이블 탁자 아래에 놓여 있는 조그마한 유리상자를 발견하였다. 열어 보니 그 안에는 작은 케이크가 들어 있었고 케이크에는 아주 작은 건포도들로 '먹으세요' 라는 글씨가 예쁘게 새겨져 있었다.

「좋아, 먹을 테야.」

앨리스는 자신에게 용기를 주려는 듯 힘주어 말했다.

「이걸 먹고 키가 커지면 열쇠를 집을 수 있을 것이고, 만약 더 작아진다면 문틈 사이로 빠져나갈 수 있을 거야. 그러면 난 저 아름다운 정원으로 나갈 수 있게 돼. 어떻게 변하든 상관없어!」

그녀는 우선 조금 먹어 보고는 두려운 마음으로 머리에 손을 얹어 자신이 어떻게 변하는지 알아보려고 했다.

'어떻게 되는 걸까? 커지는 걸까, 작아지는 걸까?

그러나 놀랍게도 아무런 변화가 없었다. 케이크를 먹는다고 해서 몸에 변화가 생길 리는 없었으나, 이상한 일이 일어나길 기대하고 있는 앨리스로서는 당연히 이 일이 어리석고 바보스럽게만 여겨졌다.

그래도 앨리스는 희망을 잃지 않고 계속 먹어대서 눈 깜짝할 사이에 작은 케이크를 말끔히 먹어치웠다.

눈물의 바다

「어머나, 세상에 이럴 수가……!」

앨리스는 겨우 이렇게 말했을 뿐이었다(너무 놀라 할 말을 잊고 말았던 것이다).

「안녕, 내 귀여운 발들아! 이제, 이 세상에서 가장 긴 망원경처럼 주욱 늘어났으니 어떡하면 좋지? (자기의 발을 내려다봤더니 거의 보이지 않을 정도로 까마득하게 멀어져 있었다.) 아, 불쌍한 내 발! 이제 누가 너에게 신발과 스타킹을 신겨 주지? 난 이제 안될 것 같아. 너희와는 너무나 먼 곳에 있단다. 너희들 일은 너희들이 알아서 해야만 할 거야…… 하지만 친절하게 대해 줘야지.」

영리한 앨리스는 앞으로의 일을 생각했다.

「그러지 않았다간 내가 가고 싶은 곳으로 가 주지 않을지도 모르거

든! 가만 있자. 그렇지! 올 크리스마스부터는 해마다 새 장화를 사 줘야
지.」

그리고 그녀는 그 계획을 생각하고 있었다. 「배달을 시켜야지.」 그
러다가 우습다는 생각이 들었다. 「자기 발에게 선물을 보내다니 얼마
나 이상하게 보일까! 또 그 주소란 게 얼마나 우스울까.」

난로가 격자 위에 있는 앨리스의 오른쪽 발님에게.

사랑하는 앨리스로부터

「세상에, 내가 이렇게 바보 같은 말을 하다니!」

바로 이 때 그녀의 머리가 천장에 부딪쳤다. 키가 3미터 넘게 커져 있었던 것이다. 정신이 번쩍 든 그녀는 테이블 위의 열쇠를 부리나케 집어들고 정원으로 나가는 문가로 달려갔다.

가엾게도 이를 어쩌면 좋단 말인가! 그녀가 할 수 있는 일이라곤 그저 옆으로 누워 한쪽 눈으로 정원을 내다볼 수 있는 것 뿐이었다. 이제 그 구멍을 지나 정원으로 나간다는 것은 완전히 불가능한 일이 되어 버리고 만 셈이다. 털썩 주저앉은 앨리스는 다시 울기 시작했다.

「너처럼 큰 덩치가 울고만 앉아 있다니!」 앨리스는 자신을 꾸짖었다. 「부끄럽지도 않니? 당장 그쳐!」

그러나 울음은 계속 나왔다. 몇 동이나 되는 눈물을 철철 흘리며 그녀는 계속 울어댔다. 볼을 타고 흘러내린 눈물은 어느새 10여 센티 깊이나 되는 눈물 바다를 이루고 있었다.

잠시 후 앨리스는 멀리서 다가오는 발자국 소리를 듣고 누가 오는지 보려고 급히 눈물을 닦았다. 멋진 옷을 입고 조그만 장갑 한 켤레와 커다란 부채를 양손에 나눠 든 아까의 그 하얀 토끼가 돌아오고 있었다. 혼자 중얼중얼거리면서 몹시 바쁜 듯 헐레벌떡 뛰어왔다.

「공작 부인을 오래도록 기다리게 했으니 아, 얼마나 화가 나셨을까?」

토끼의 출현은 절망적인 상태에서 지푸라기라도 잡고 싶었던 앨리스에게 여간 반가운 게 아니었다. 그래서 토끼가 옆으로 다가오자 그녀는 가늘고 조그만 소리로 토끼를 불렀다.

　「토끼님, 저를 좀 도와주시지 않겠어요……?」

　그러자 토끼는 깜짝 놀란 듯 손에 들었던 하얀 장갑과 부채를 떨어뜨리고 온 힘을 다해 어둠 속으로 달아나 버렸다.

　홀 안이 무척 더워 장갑과 부채를 집어든 앨리스는 계속 부쳐대면서 다시 혼잣말을 시작했다.

　「오늘은 정말 이상한 날이야. 어제만 해도 아무렇지도 않았는데…… 혹시 어젯밤 사이에 내가 변해 버린 게 아닐까? 가만 있자. 오늘 아침 일어났을 때 난 예전과 똑같았던가? 조금 이상한 기분이었던 것 같기도 하고……하지만 만약 똑같지 않았다면 또 다른 문제가 생겼을까? 그럼 도대체 난 누구지? 아, 정말 모를 일이야!」

그녀는 자신이 알고 있는 아이들을 생각해 보기로 했다. 그들 중 누구와 바뀌었나를 알아보기 위해서였다.

「난 확실히 '에다'는 아냐.」

먼저 생각해 낸 게 가장 친한 에다였다.

「그 아이의 머리는 긴 곱슬머리인데 내 머리는 곱슬거리지도 않거든. 그리고 마아벨도 아냐. 난 많은 걸 알고 있지만 그 애는 그렇지 못해. 그 앤 그 애고 난 나야! 그 앤 좀 멍청하거든! 하지만 정말 난 많이 알고 있을까? 어디 시험해 보자. 4곱하기 5는 12, 4곱하기 6은 13. 4곱하기 7은…… 아니, 이러면 20이 되질 않잖아? 하지만 구구단이 다는 아니니까. 이번엔 지리를 해볼까? 파리의 수도는 런던, 로마의 수도는 파리, 로마는……아냐, 전부 다 틀렸어! 난 멍청한 마아벨과 바뀌었나 봐! '작은 악어의 노래'라도 외워 볼까?」

앨리스는 수업시간처럼 무릎 위에 두 손을 모으고 외우기 시작했다. 그러나 여느 때와는 달리 가사가 엉망이었다.

새끼 악어 한 마리가

꼬리를 빛내며

나일 강의 푸른 물을 퍼 올려

황금빛 비늘 위에 뿌리네

기쁜 듯이 미소를 지으며
멋지게 발톱을 세우네
물 속의 친구들을 맞이하는
우리의 귀여운 새끼 악어
……

「이런 게 아냐. 틀렸어!」
불쌍한 앨리스의 눈에는 눈물이 가득 고였다.
「난 마아벨이 됐나봐. 그럼 함께 놀 친구도 없고, 장난감도 하나 없
는 그 거지 같은 집에서 살아야 하고……그리고 지겹게 공부도 해야
하고. 아냐, 난 결심하겠어. 내가 만약 마아벨이라면 난 여기서 나가지
않을 거야. 사람들이 와서 '어서 올라오너라, 애야!' 하고 부르면 난 올
려다보면서 이렇게 말할 거야. '먼저 누가 누군지 말해 줘요. 만약 날
앨리스라고 하지 않는다면 난 언제까지나 올라가지 않을 거예요!' 하
지만 그럼 나는……!」
앨리스는 또다시 슬퍼져 눈물이 왈칵 쏟아졌다.
「누군가와 이야기라도 하면 얼마나 좋을까! 이렇게 혼자 있다간 얼
마 못 가서 난 지쳐 버릴 거야…….」
이렇게 흐느끼며 자신의 손을 내려다 본 앨리스는 깜짝 놀랐다. 자

기도 모르는 사이에 토끼가 떨어뜨리고 간 조그만 장갑을 자신의 손에 끼고 있었던 것이다.

「아니 그렇다면……?」 그녀는 어쩌면 자신이 다시 작아지는 거라고 생각했다.

그녀는 얼른 일어나 테이블 있는 곳으로 달려갔다. 키를 재보기 위해서였다. 틀림없었다. 그녀는 60센티 정도로 줄어들어 있었고, 더욱 놀라운 것은 계속해서 줄어드는 사실이었다. 순간 앨리스는 자신의 키가 이렇게 줄어든다는 게 손에 들고 있는 부채 때문이라는 걸 깨닫고 재빨리 던져 버렸다. 이대로 줄어들다간 아주 없어져 버릴까봐 두려웠기 때문이다.

「하마터면 큰일날 뻔했어!」

앨리스는 이 같은 갑작스러운 변화에 몹시 놀랐지만, 그래도 아직은 자신이 존재한다는 사실이 너무 기뻤다.

「이제야말로 정원으로 나갈 수 있겠구나!」

앨리스는 날아갈 듯이 그 작은 문으로 달려갔다. 그러나 안타깝게 그 작은 문은 잠겨 있었고, 황금 열쇠는 아까와 마찬가지로 유리 테이블 위에 그대로 있었다.

「더 나쁘게 되고 말았어!」

앨리스는 다시 한번 절망하지 않을 수 없었다.

「이렇게 작아져 본 적은 아직 한번도 없었어! 이제 모두 다 틀린 거야!」

　이렇게 한탄하고 있을 때 발을 헛디딘 듯 풍덩 그녀의 몸은 가슴까지 올라오는 짠 물 속에 빠져버렸다. 그녀는 문득 바다에 빠졌다는 생각이 들어 「그렇다면 기차를 타고 돌아갈 수 있겠구나.」 하고 말했다. 부모를 따라 단 한번 바닷가에 가 본 적이 있는 앨리스는 바닷가 별장 바로 뒤에 기차역이 있었다는 것을 기억하고 있었다. 그러나 그녀는 다음 순간 자신이 빠진 곳이 바다가 아니라 키가 3미터나 됐을 때 자신이 흘린 눈물이라는 것을 깨달을 수가 있었다.

　「그때 그렇게 울지 않았으면 이런 일도 없었을 텐데!」

　앨리스는 자신의 행동을 꾸짖으며 이리저리 헤엄을 쳐 나갈 곳을 찾고 있었다.

　「그때 너무 울어서 내 눈물에 빠지는 벌을 받는 거야! 정말 이상해. 오늘은 모든 게 이상하기만 하구나.」

바로 그때 멀지 않은 곳에서 첨벙거리는 소리가 들려 헤엄을 쳐 다가가 보니 괴물처럼 커다란 동물 한 마리가 헤엄을 치고 있었다. 그녀는 처음엔 그 동물이 하마나 해마가 아닐까 하고 생각했으나 그것은 다름 아닌 생쥐라는 것을 알 수 있었다. 자기가 그만큼 작아진 것이었다. 그 생쥐도 자기처럼 눈물의 바다에 빠졌던 것이다.

'이 생쥐에게 말을 걸어 봐야 무슨 소용이 있을까?

앨리스는 잠시 생각해 보았다. '그럴지도 몰라. 이곳은 이상한 일들뿐이니까. 이 생쥐도 말을 할 줄 아는지 모르지. 어쨌든 손해볼 것 없으니까 한번 해보자.'

이렇게 생각한 앨리스는 주저하지 않고 생쥐에게 말을 걸었다.

「애, 생쥐야. 이곳에서 빠져나가는 길을 알고 있니? 난 계속 헤엄치기에 아주 지쳤거든.」

그러나 생쥐는 이상하다는 듯 작은 눈으로 그녀를 바라보기만 할뿐 아무 말도 하지 않았다.

'우리 말(이 책에서 우리 말은 '영어'를 뜻한다──옮긴이)을 모르는 모양이구나.' 앨리스는 혼자 속으로 단정지었다.

'아마 정복왕 윌리엄과 함께 온 프랑스 쥐인지도 몰라' 그녀가 희미하게나마 기억하고 있는 역사 지식의 전부가 이 정도였으며 그런 사실이 언제 있었던 일인지에 대해선 알 바가 아니었다.

앨리스는 이런 생각이 들자 망설이지 않고 프랑스어로 말해 보았다.

「너 고양이를 좋아하니?」

프랑스어 교과서에 나와 있는 맨 첫 문장이었다. 그러자 생쥐는 물 위로 펄쩍 뛰어 오르더니 새파랗게 겁에 질린 표정이 되었다. 깜짝 놀란 앨리스는 생쥐가 왜 그러는지 금방 알 수 있었다.

「아, 미안해. 용서해 줘!」

그녀는 이 가련한 동물의 감정을 상하게 했다는 걸 깨달아야 했다.

「난 네가 고양이를 좋아하지 않는다는 걸 깜빡 잊고 있었구나!」

「고양이를 좋아하지 않느냐고?」 생쥐는 날카롭고 울화가 치민 목소리로 부르짖듯 말했다. 「만약 네가 나라면 고양이를 좋아하겠니?」

「글쎄…… 그러지 못할 거야.」

앨리스는 달래듯 말했다.

「화내지 마. 하지만 우리 집에서 키우는 고양이 다이나를 네게 보여주고 싶구나. 다이나를 보기만 하면 너도 고양이를 좋아하게 될 거야. 아주 귀엽고 사랑스럽거든.」

앨리스는 천천히 헤엄을 치면서 자신에게 말하듯 계속 말했다.

「난롯가에 앉아 앞다리를 핥거나 얼굴을 씻는 모습은 얼마나 귀여운데. 그뿐만이 아냐. 얼마나 부드럽고 따뜻한 털을 가졌는지 모를 거야. 생쥐를 잡을 때의 그 민첩성, 힘찬 모습은…… 아, 또 실수했구나. 미안해.」

앨리스는 다시 놀라며 입을 다물었다. 생쥐는 이번엔 온몸의 털을 곤두세우고 움츠리며 금방이라도 공격을 당하는 것처럼 불안해 했다.

「다이나 이야기는 이제 그만둬야겠구나.」

「그래야지!」 생쥐가 꼿꼿이 세웠던 꼬리를 내리며 소리쳤다. 「우리 가족은 모두 고양이는 싫어해! 두 번 다시 그 이름도 듣기 싫어!」

「이젠 안 할게!」

그리고는 서둘러 화제를 바꾸었다.

「그럼 넌 개는 좋아하니?」

생쥐가 언뜻 대답하지 않자 앨리스는 열을 올리며 계속 말했다.

「우리 집 근처에는 예쁘고 귀여운 작은 개가 살고 있는데 너에게 보여주고 싶구나. 반짝이는 눈동자에 갈색 털이 길고 곱슬곱슬한 테리어 종인데 재주를 이만저만 잘 부리는 게 아냐. 뭘 던지면 재빨리 물어오기도 하고 음식을 달라고 두 발을 들고 앉아 재롱을 떨기도 하지. 그 밖에도 재주가 많지만 잘 기억이 나지 않는구나. 주인은 농부인데 그 개가 무척 쓸모 있다는 거야. 값으로 따지면 수백 파운드가 넘는다고 하더라. 쥐란 쥐는 보는 족족 모두 잡아 죽여 농작물에……어머나, 또 실수를 했구나!」

앨리스는 안타까운 목소리로 다시 소리쳤다. 「또 널 괴롭힌 셈이 됐구나!」

생쥐는 어느새 있는 힘을 다해 멀리멀리 도망쳐 그녀를 노려보고 있었다. 이렇게 되자 앨리스는 한껏 부드러운 목소리로 달래야 했다.

「귀여운 생쥐야, 제발 이리 돌아와. 이제 다시는 네가 싫어하는 고양이나 개 따위 이야긴 하지 않을게. 맹세해!」

이 말을 들은 생쥐는 그래도 경계심이 풀리지 않았는지 그녀의 눈치를 보며 천천히 헤엄쳐 다가왔다. 새파랗게 질린 생쥐는 떨리는 목소리로 말했다.

「어서 물가로 가도록 하자. 나간 다음에 이야기를 해주겠어. 그러면 내가 왜 고양이나 개를 미워하는지 이해할 수 있을 거야.」

눈물의 바다에는 어느덧 그들 외에도 오리, 도우도우새, 잉꼬, 새끼 독수리를 비롯한 새들과 몇몇 짐승들, 그리고 이상하게 생긴 벌레들이 빠져 혼잡을 이루고 있었다. 이 괴상한 집단은 생쥐와 앨리스의 뒤를 따라 물가를 향해 헤엄쳐 갔다.

코커스 경주와 긴 이야기

새들과 뭍짐승들 모두 하나같이 물에 젖어 털이며 가죽이 착 달라붙은 데다 날개를 축 늘어뜨린 채 육지에 올라와 옹기종기 모여 앉은 그들은 정말 우스꽝스러웠다.

그들에게 주어진 첫 문제는 물론 어떻게 하면 빨리 몸을 말릴 수 있을까 하는 것이었다. 여러 가지 의견이 나왔고 앨리스도 아주 예전부터 그들과 친했던 것처럼 스스럼없이 어울려 이야기하고 있었다. 그녀는 특히 잉꼬와 맞붙어 서로 자신의 주장을 내세우느라 한동안 말다툼을 벌이고 있었는데, 마침내 잉꼬가 화를 벌컥 내며 쏘아붙였다.

「난 너보다 나이가 많으니까 아는 것도 많아!」

그러나 잉꼬의 나이가 얼마인지도 모르는 앨리스로서는 받아들일 수 없는 말이었고, 더구나 잉꼬가 끝내 자기 나이를 밝히길 거부하는 바람에 그들의 다툼은 끝나고 말았다.

마침내 이 집단에서 어딘지 권위가 있어 보이는 생쥐가 나섰다.

「자, 이제 모두들 내 말을 들어 봐요. 당장 몸을 말릴 수 있는 방법을 가르쳐 줄 테니까!」

그 말에 동물들 모두 생쥐를 중심으로 둥그렇게 원을 이루고 앉았다. 앨리스도 빨리 몸을 말리지 않았다가는 무서운 감기에 걸릴 것이라는 생각에 걱정스런 눈으로 생쥐를 응시했다.

「에헴.」

생쥐는 헛기침을 하며 주의를 모은 뒤 목을 가다듬고 다음 이야기를 늘어놓기 시작했다.

「이제 준비들 됐으면 시작하죠. 이건 내가 알고 있는 방법 중에서 가장 빨리 몸을 말리는 방법인데, 둥그렇게 둘러앉아 조용히 재미있는 이야기를 듣는 거요. 정복왕 윌리암은 교황의 은총을 받아 영국을 차지하더니 침략과 정복을 일삼았고 메르시아와 노덤브리아 백작은…….」

「흥!」 잉꼬가 몸서리치며 한마디했다.

「지금 뭐라고 했죠?」 생쥐가 얼굴을 찌푸리면서도 제법 정중하게 물었다. 「당신이 했나요?」

「나요? 아뇨」 잉꼬가 황급히 시치미를 뗐다.

「난 당신이 한 줄 알았소.」

이렇게 나무라듯 말하고 난 생쥐는 주위를 둘러보고 난 후 다시 입을 열었다.

「그럼 계속하겠소. 메르시아와 노덤브리아 백작 에드윈과 모르카는 그에게 충성을 맹세했고 애국적인 캔터베리 대주교 스티갠드까지도 그것을 보고는……」

「뭘 봤다고?」 오리가 끼어들었다.

「그것을 봤단 말이오!」

방해를 받자 생쥐가 짜증을 냈다.

「설마 '그것' 이 무엇을 의미하는지 모르는 건 아니겠죠?」

「내가 찾아낼 때는 잘 알지.」 오리가 고집스럽게 대꾸했다. 「하지만 내가 찾아내는 것은 대개 개구리나 물벌레 따위거든. 그런데 대주교가 본 건 뭐냔 말이야?」

그러나 생쥐는 오리의 물음에 아랑곳 않고 하던 이야기를 계속했다.

「……그것을 본 대주교는 에드가 에슬링을 충동질해서 함께 윌리암을 왕으로 추대했소. 초기 얼마 동안은 제법 잘 다스려 나가던 윌리암은 얼마 안 가서 노르만의 티를 내며 건방져져서…… 귀여운 아가씨, 좀 마른 것 같지 않아요?」

생쥐는 갑자기 이야기를 멈추고 앨리스에게로 고개를 돌려 물었다.

「조금도 마르지 않았어.」앨리스가 실망한 목소리로 말했다.「그 방법은 나한테는 효과가 없나 봐.」

「그렇다면 좋은 수가 있어.」

도우도우새가 거드름을 피우며 일어섰다.「우선 이 회합을 해산하고 더 즉각적이고 효과적인 방법을 찾아보자고.」

「쉬운 말로 해!」새끼 독수리가 짜증을 냈다.「무슨 말인지 도무지 못 알아 듣겠잖아. 너도 말은 했지만 무슨 뜻인지 모르고 했을 거야! 괜히 거드름 피우고 싶어서……..」

이렇게 말하고 난 새끼 독수리는 고개를 숙여 살짝 웃었다. 이곳저곳에서 키득거리는 소리가 들려왔다.

「내가 말하려 했던 것은……」도우도우새의 목소리가 날카로워졌다.「……코커스 경주를 하면 빨리 마를 수 있다는 것이었어!」

「코커스 경주? 그게 뭔데?」앨리스가 물었다.

별로 관심은 없었으나 도우도우새가 누군가가 물어 오기를 기다리는 듯 말을 끊고 있었고, 또 누구 하나 물어 볼 의사가 없어 보여 마지못해 물은 것이다.

「뭐냐고?」도우도우새는 앨리스를 바라보고 싱긋 웃어 보였다.「직접 해보는 게 가장 좋겠지?」(어느 겨울날 여러분이 스스로 해보고 싶다면 도우도우새가 어떻게 했는지 이야기해 주겠다.)

먼저 둥그렇게 경주 코스를 그려 놓았다(코스의 모양은 아무래도 상관이 없다고 했다). 모든 동물이 코스에 늘어섰다.

34

출발 신호도 없었다. 모두 자기 마음내키는 대로 뛰기 시작했고, 또 아무 때나 그만둬 버려 경주가 언제 시작되었는지, 언제 끝났는지 종 잡을 수가 없었다. 그럼에도 불구하고 뒤죽박죽인 경기는 30분 이상 계속되어 동물들의 몸이 완전히 말랐을 무렵에 도우도우새가 갑자기 소리 쳤다.

「경기 끝!」

그러자 동물들은 가쁜 숨을 몰아쉬며 앞을 다투어 물었다.

「누가 이긴 거야? 우승자는 누구야, 누구?」

난처한 듯 질문을 받은 도우도우새는 모든 동물들이 숨을 죽이고 기 다리는 사이에, 한 손가락으로 관자놀이를 누른 채 앉아 있다가(그림 속의 셰익스피어의 모습과 비슷한 자세였다) 마침내 입을 열었다.

「모두 다 이겼소. 그러니 모두 상을 받아야 합니다.」

「하지만 누가 상을 주지?」

동물들이 합창을 하듯 물어왔다.

「물론 이 아가씨지!」

도우도우새가 서슴없이 손가락으로 앨리스를 가리키며 말하자 갑 자기 모든 동물들이 그녀의 주위로 모여들어 아우성을 치기 시작했다.

「상을 줘! 상을 줘!」

당황한 앨리스가 엉겁결에 주머니에 손을 넣자 뭔가 잡히는 게 있어 꺼내 보았다. 사탕이 든 상자였다(물에 빠졌는데도 어찌된 셈인지 녹 지 않았다). 앨리스는 사탕을 꺼내 하나씩 상으로 주며 다행이라고 생각했다. 신기하게도 사탕은 동물의 수와 똑같아 한 개씩 골고루 나누어 줄 수 있었다.

「너는 없잖아. 너도 상을 받아야지?」 생쥐가 불쑥 나섰다.

「그야 물론이지.」 도우도우새가 점잖은 목소리로 대꾸했다.

「주머니 속에 다른 건 없어?」 도우도우새가 앨리스에게 물었다.

「골무밖에 없어.」 앨리스가 풀이 죽어 대답했다.

「됐어. 그걸 이리 내놔봐.」 도우도우새가 아무렇지도 않다는 듯 말했다.

그러나 동물들이 다시 한번 그녀 주위를 우르르 둘러싸자, 도우도우새는 그녀가 준 골무를 도로 주면서 무게 있게 말했다.

「우리는 귀하가 이 우아한 골무를 받아주시길 진심으로 바라는 바입니다.」

이 대단치도 않은 연설이 끝나자 모두 함께 환호를 올렸다. 앨리스는 이런 모든 일들이 어처구니없고 우습다는 생각이 들었으나 모두들 하나같이 진지한 표정이어서 감히 웃을 수가 없었고 그렇다고 달리 할 말도 떠오르지 않아, 그저 고개만 숙여 보이고 심각한 표정을 지으며 골무를 받아 들었다.

다음은 사탕을 먹는 게 문제였다. 약간의 혼란과 소동이 일고야 말았다. 몸집이 큰 새들은 너무 작다고 투덜거렸고, 작은 동물들은 사탕이 목에 걸리는 바람에 등을 두들겨 주는 등 법석을 떨었다. 그래도 그럭저럭 다 먹고 난 동물들은 다시 동그랗게 둘러앉아 생쥐에게 이야기를 더 해 달라고 졸랐다.

「아까 네가 살아온 이야기를 해 주겠다고 약속했잖아.」앨리스가 나섰다. 「그리고 고양이와 개를 왜 싫어하게 됐는지도…….」

앨리스는 생쥐의 귀에 속삭이면서 그의 기분이 상하지 않았으면 하고 생각했다.

「그건 아주 길고도 슬픈 이야기야.」생쥐가 앨리스를 돌아보며 한숨을 쉬었다. 「정말로 긴 꼬리로구나.」

앨리스는 생쥐의 꼬리를 내려다보며 말했다. 「그런데 뭐가 슬프다고 하는 거니?」

한번 생각이 엉뚱한 데 미치자 생쥐의 이야기도 이상하게 들렸다.

집안에서 맞닥뜨린

생쥐에게 분노의 여신은

이렇게 말했네.

「나와 함께 재판장으로 가자.

난 너를 고소하겠다.

이리와.

싫다고 해도 소용없어.

너는 재판을 받아야만 해.

오늘 아침 할 일도 없는데

잘됐다.」 그러자

생쥐는 그 잡종개에게

이렇게 말했다.

「참, 이상한 재판도 다

있군요? 재판장도

배심원도 없이

쓸데없는 짓이

아닐까요?」

「내가 재판장도

하고 배심원도 할 거야!」

교활하고 늙어빠진

분노의 여신이 말했다.

「어쨌든 난 모든 수단과

방법을 총동원

해서 너에게

사형을

언도할

것이다.」

「듣지 않고 있네.」

생쥐가 갑자기 인상을 쓰며 소리쳤다. 「뭘 그리 생각하고 있는 거야?」

「미안해, 용서해 줘.」 앨리스가 겸연쩍어하며 말했다.

「다시 한번 해줄 수 있겠지?」

「안돼!」 생쥐가 몹시 화난 목소리로 거칠게 소리쳤다.

「제발 부탁해. 해줘!」

앨리스는 언제나 자신이 취해야 할 태도를 알고 있었다. 그녀는 조심스럽게 생쥐를 바라보았다.

「내가 딴 생각을 하지 않도록 도와 줘.」

「싫어. 그런 짓은 하지 않겠어!」

생쥐는 이렇게 말하며 일어서서 멀어져 갔다. 「넌 어이없는 생각을 해서 내 이야기를 모욕했어!」

「아냐. 그럴려고 그런 게 아냐.」 가련한 앨리스는 오해를 풀려고 노력했다. 「하지만 넌 별일 아닌 것에도 화를 내는구나!」

그러나 생쥐는 씩씩거리기만 할 뿐 대꾸를 하지 않았다.

「제발 그만 돌아와서 이야기를 마저 해 줘!」

앨리스의 말에 다른 동물들도 그녀를 따라 일제히 소리쳤다.

「그래, 얼른 돌아와!」

그러나 생쥐는 고개를 좌우로 흔들면서 빠른 걸음으로 멀어져 가고 있었다.

「생쥐가 그냥 가버리면 어쩌지? 정말 유감이야.」

생쥐가 멀리 사라지자 잉꼬가 한숨을 내쉬며 말했다. 그러자 옆에 있던 늙은 게가 기회를 놓치지 않고 딸에게 말했다.

「잘 봐 두거라. 언제든지 흥분해서 이성을 잃어버리면 안된다는 걸 이런 데서 배워야 해.」

「그만 두세요, 엄마.」 어린 게가 투덜거렸다.

「굴이나 씹으면서 참을성에 대한 실험을 충분히 하세요.」

「아, 이럴 때 다이나가 있었으면 얼마나 좋을까!」 앨리스가 혼잣말처럼 큰소리로 탄식했다. 「다이나라면 당장 생쥐를 붙잡아 이리로 데려올 텐데.」

「다이나라니? 누구지?」

앨리스는 다이나에 대한 이야기면 언제라도 할 준비가 되어 있다는 듯 열을 내면서 대답했다.

「다이나는 우리 고양이에요. 쥐를 잡는 데는 선수지요. 얼마나 빠른지 여러분은 상상도 못할 거예요. 그뿐인 줄 아세요? 새는 또 얼마나 잘 잡는다구요. 새 잡는 모습을 여러분이 볼 수 있다면 좋을 텐데…….조그만 새는 눈에 띄는 순간 벌써 먹어치워 버려요.」

앨리스의 말에 일대 소란이 일어났다. 그중 몇 마리 새들은 단숨에 날아가 버렸고 늙은 까치도 앨리스의 눈치를 살피며 주섬주섬 일어서고 있었다.

「이젠 정말 집에 돌아가야지. 밤 공기는 몸에 해롭거든.」 카나리아가 떨리는 목소리로 새끼들을 불러 모았다.

「아가들아. 어서 가자. 잘 시간이란다.」

동물들은 제각기 구실을 대며 허둥지둥 그곳을 떠나 버려 잠시 후 앨리스는 혼자 남게 되었다.

「다이나 이야기는 하지 말았어야 했는데!」 그녀는 울먹이는 목소리로 자신에게 말했다. 「여기서는 다들 다이나를 좋아하지 않아. 하지만 난 다이나가 이 세상에서 가장 훌륭한 고양이라는 걸 알아! 아, 귀여운 다이나! 널 다시 볼 수만 있게 된다면 얼마나 좋겠니!」

불쌍한 앨리스는 밀려드는 외로움과 절망 때문에 마침내 울음을 터뜨리고 말았다. 그렇게 한참 울던 앨리스는 멀리서 다가오는 뚜벅거리는 발자국 소리를 들을 수 있었다. 그러자 앨리스는 급히 눈물을 닦고 소리가 나는 방향을 애타는 마음으로 바라보기 시작했다. 사라져 간 생쥐가 마음을 바꾸고 돌아와 하던 이야기를 마저 해주길 기대하면서.

토끼의 심부름을 하다

그러나 발자국소리의 주인공은 생쥐가 아니라 하얀 토끼였다. 뚜벅 거리며 돌아오는 토끼가 무엇을 찾는 듯이 주위를 두리번거리며 중얼 거리는 소리가 들려왔다.

「이러다간 정말 공작 부인에게 혼이 나겠군. 가만두지 않을텐데, 그 러나저러나 도대체 이것들을 어디다 떨어뜨렸지?」

그 말을 듣는 순간 앨리스는 토끼가 부채와 장갑을 찾고 있다는 걸 알아차리고, 자연스럽게 그것들을 찾기 시작했다. 그러나 아무리 휘둘 러봐도 그것은 눈에 띄지 않았다. 눈물의 못에 빠진 뒤로 모든 것이 변 해 버린 것이었다. 길고 널따란 홀, 유리 테이블, 조그만 문……모두가 감쪽같이 사라져 버렸던 것이다.

잠시 후 토끼는 물건을 찾느라고 이곳저곳을 기웃거리는 앨리스를 발견하고는 화난 목소리로 말했다.

「아니, 메리 앤, 여기서 뭘 하는 거야? 당장 집으로 달려가 내 장갑과 부채를 가져와. 빨리!」

깜짝 놀란 앨리스는 토끼가 그녀를 잘못 알아봤다는 걸 알려주지도 못하고 토끼가 가리키는 방향으로 달려가기 시작했다.

「날 자기 집 하녀로 착각한 모양이지?」 그녀는 달리면서 혼자 중얼거렸다. 「내가 누구라는 걸 알게 되면 대단히 놀라겠지! 하지만 먼저 장갑과 부채를 가져다 주는 게 좋을 거야.」

그렇게 달리던 앨리스는 '하얀 토끼' 라는 문패가 붙은 산뜻하고 귀여운 집 앞에 이를 수 있었다. 앨리스는 진짜 메리 앤에게 들키면 장갑과 부채를 찾기도 전에 쫓겨나게 될 것이라는 불안한 생각을 하면서도 노크도 없이 집안으로 들어가 위층으로 향했다.

「참 기가 막히는군!」 그녀는 자신에게 들으라는 듯이 혼잣말을 했다. 「아니, 내가 토끼의 심부름을 하고 있다니! 이러다간 우리 집 다이나까지 나에게 심부름을 시키겠군!」

그리고 곧 그 일들을 상상해 보았다.

「앨리스 양, 빨리 와서 산책할 준비를 해 줘요.」

다이나가 딱딱거리며 그녀에게 명령하는 모습이 떠올랐다. 그뿐일까?

「내 대신 쥐가 도망치지 못하도록 쥐구멍을 지켜 줘!」

「하지만 그런 식으로 고양이가 사람인 나에게 명령을 하면 당장 쫓겨날걸.」

이런 엉뚱한 생각을 하는 사이에 그녀는 창문과 탁자가 잘 정리된 방에 이르렀고, 탁자 위에는(그녀가 바라는 대로) 부채 하나와 장갑 몇 켤레가 놓여 있었다. 부채와 장갑을 집어들고 막 방을 나가려던 앨리스는 눈에 띄는 게 있었다. 거울 옆에 놓여 있는 자그마한 병이었다. 그 병에는 '마셔요' 라는 내용의 라벨 같은 건 붙어 있지 않았지만, 앨리스는 망설이지 않고 마개를 따 입으로 가져갔다.

「틀림없이 뭔가 재미있는 일이 일어날 거야. 뭘 마시거나 먹기만 하면 그랬으니까. 이 병은 어떤 일을 만들어 낼지 두고 보자.」

그리고 앨리스는 자기의 희망을 말하기 시작했다. 「이걸 마시고 다시 커졌으면 좋겠어. 인제는 이런 작은 모습은 정말 싫어!」 정말 꿈 같

은 일이었다. 반 병쯤 마셨을 때 그녀가 예상했던 것보다도 더 빨리 자라, 그녀의 머리는 이미 천장까지 닿아서 목이 부러지지 않도록 고개를 숙여야 했다. 그렇게 되자 그녀는 당황하여 입에서 병을 뗐다.

「이젠 됐어. 더 커졌다간 이 집에서 나갈 수 없을 거야. 혹시 너무 많이 마신 거나 아닐까?」

혹시가 아니었다. 이미 때는 늦어 있었다. 그녀는 쉬지 않고 커져 마침내 무릎을 꿇어야 했고, 그것도 모자라 드러누워야 했다. 팔을 뻗을 수도 없어 한 팔꿈치는 문을 누르고 다른 한 팔은 머리를 감싸고 누워야 했다. 그래도 멎지 않고 계속 자라 결국 한 팔을 창 밖으로 내밀고 한 발은 굴뚝 위에 얹고 나서 힘없는 목소리로 말했다.

「이제 나로선 어쩔 수 없어, 난 이제 어떻게 되는 걸까?」

그래도 다행스러운 것은 작은 병에 들어 있던 약물의 효능이 다했는지 더 이상 커지지 않았다. 그렇다고 해서 좋아할 건 하나도 없었다. 이렇게 커진 몸으로는 이 방에서 빠져나갈 재간이 없었기 때문이었다.

「집에 그대로 있었으면 아무 일도 없었을 텐데…….」

한숨이 절로 나왔다.

「걸핏하면 커졌다 작아졌다 하지를 않나, 토끼나 하다못해 생쥐 같은 짐승으로부터 명령을 받아야 하지 않나……. 아무래도 토끼 굴에 잘못 들어 왔어. 괜한 짓을 했어……. 하지만 아직은 괴로운 일보다는 흥미 있는 일이 더 많아. 앞으로 또 무슨 일이 일어날까? 신기하고 재미있는 우화를 읽을 때면 그런 일은 이 세상에서는 절대로 일어나지 않을 거라고 생각했었는데, 지금 내가 바로 그 주인공이 됐잖아. 내가 겪은 이런 이야기는 책으로 엮어야지. 내가 자라면 이 이야길 쓸 거야. 하지만 난 벌써 이렇게 커 버렸잖아!」

그리고는 슬픔에 가득 찬 목소리로 덧붙였다. 「하지만 적어도 이 방 안에서는 더 이상 자랄 수가 없어.」

「그렇다면.」

앨리스는 생각의 방향을 바꾸었다.

「더 이상 자라지 않으면 나이도 먹지 않을 게 아냐? 그것 참 재미있는데. 아무리 나이를 먹어도 할머니는 되지 않겠지!…… 하지만 그렇게 된다면 언제까지나 학교에 다니고 공부를 해야 되잖아? 아냐, 그러면 안돼!」

「나도 참 바보 같아!」

그녀는 자신의 생각을 자신이 윽박지르고 있었다.

「여기서 어떻게 공부를 해! 책 한 권 없고 제대로 앉아 있을 만한 방 한 칸 없는데!」

그때부터 그녀는 혼자 묻고 대답했다. 의견을 달리하는 두 사람이 되어 묻고 대답하는 사이에 밖에서 무슨 소리가 들려온 것 같아 귀를 기울였다.

「메리 앤! 메리 앤!」

토끼의 목소리였다.

「장갑과 부채를 가져오라니까 뭘 하고 있어?」

그 목소리가 점점 가까워지고 있었다. 계단을 올라오는 모양이었다. 토끼의 성난 목소리를 듣는 순간부터 앨리스는 자신의 몸이 토끼보다 엄청나게 커져 있어 토끼 따윌 두려워할 이유가 하나도 없다는 걸 까맣게 잊고 집이 온통 흔들릴 정도로 덜덜 떨었다.

이윽고 문에 다다른 토끼는 문을 열려고 했지만 그 문은 앨리스의 팔꿈치가 밀고 있어 꿈쩍도 하지 않았다. 왜냐하면 그 문은 안으로 밀면 열게 되어 있기 때문이었다. 그러자 화가 난 토끼가 투덜거리는 소리가 들렸다.

「그렇다고 내가 못 들어갈 줄 알아? 밖으로 돌아나가 창문으로 들어갈 테다!」

'미안하지만 그렇게는 안될걸!'

앨리스는 이렇게 생각하며 토끼가 창문 밑에 올 때까지 기다렸다가 거의 왔다 싶을 때 오른손을 불쑥 창 밖으로 내밀어 휘저었다. 손에 잡히는 건 아무 것도 없었으나 무엇인가 부서지며 떨어지는 소리가 들렸다. 토끼가 오이를 재배하는 온실로 떨어진 것이다.

이어 토끼가 볼멘소리를 질렀다.

「메리 앤! 어디 있는 거야?」

그러자 이제껏 들어본 적이 없는 소리가 들려왔다.

「예, 여기 있어요, 나리. 사과 굴을 파고 있어요.」

「사과 굴을 판다고? 어이가 없군!」

토끼는 울화가 치민 듯이 소리쳤다.

「어서 와서 날 꺼내주지 못해?」(유리창 깨지는 소리가 들려왔다.)

「이것 봐, 메리 앤, 저 창문에 나와 있는 게 뭐냐?」

「그야 물론 팔입죠, 나리.」

「무슨 잠꼬대를 하고 있는 거야? 아니 저렇게 큰 팔이 어디 있어? 창을 가득 메우고 있잖아!」

「물론 그렇긴 합니다만요. 저건 틀림없는 팔입니다요, 나리.」

「좋아. 어찌됐든 상관없어. 당장 치우도록 해!」

그리고는 한동안 조용해졌다. 들리는 소리라고는 이따금 그들이 멀리서 떠드는 소리뿐이었다.

「나리, 저는 정말 그런 짓은 하기 싫어요. 제발…….」

「내가 시키는 대로 해. 이 바보야!」

듣고 있던 앨리스는 다시 한번, 팔을 뻗어 보이지 않는 허공을 휘저었다. 이번에도 무엇인가 부서지는 소리가 들리더니 아까보다 더 요란하게 유리 깨지는 소리가 들려왔다.

「온실이 왜 이렇게 많은 거야?」

앨리스는 다음 일이 궁금했다. 「이제 저것들이 어떻게 나올까? 날 여기서 끌어낼 테면 끌어내라지 뭐. 나도 더 이상 여기에 있는 게 싫으니까. 잘됐지 뭐야!」

더 이상 아무 소리도 들리지 않았지만 앨리스는 잠자코 잠시 동안 기다리고 있으니 마침내 수레바퀴 소리에 섞여 거의 동시에 떠들어대는 여러 목소리가 들려오기 시작했다.

「다른 사다리는 어딨어?」

「아니, 내가 왜 두 개씩 가지고 와야 해? 또 하나는 빌이 가지고 오고 있어.」

「빌! 사다리 이리 가져와!—여기 이 구석에 세워—아니, 먼저 두 개를 이어야 해. 하나로는 반밖에 안되거든.」

「됐어. 자 이제 올라가. 조심해!」

「밧줄을 던진다, 빌!」

「저 헐거운 슬레이트를 조심해!」

「야, 떨어진다! 머리 숙여!」

(요란하게 부서지는 소리)

「누구야?」

「누구긴 누구야, 빌이지!」

「왜 그랬지?」

「굴뚝 속으로 누가 들어갈 거야?」

「나? 싫어!」

「그럼 빌이 가야겠네.」

「이거 봐, 빌, 모두 다 네가 들어가야 한다고 하는데 들어가 봐.」

「저런 그럼 빌이 내려오겠군.」

빌이 누구라는 걸 전혀 모르면서도 앨리스는 그들의 이야기를 듣는 사이에 그가 불쌍한 생각이 들었다.

'저것들은 왜 모든 일을 빌에게만 떠넘기지? 이곳에 오지 못하게 해야겠어, 벽난로가 너무 좁아서 다칠지도 모르거든. 미리 조치를 취해야지.'

그녀는 굴뚝 아래로 다리를 뻗고 기다렸다. 이윽고 조그마한 동물이 (무슨 동물인지는 짐작이 가질 않았다) 굴뚝 근처로 다가오는 소리가 들려왔다.

'틀림없이 빌일 거야!

앨리스는 이렇게 생각하며 발을 냅다 질렀다. 무엇인가 부딪치는 것 같기도 했지만 무슨 일이 벌어질지 몰라 신경을 곤두세웠다.

그녀의 귀에 들려온 소리는 비명에 가까운 동물들의 외침소리였다.

「빌이 하늘에 떴다! 날아가잖아?」

이어 다급한 토끼의 고함소리가 들려왔다. 「뭣들 하고 있어? 빨리 받아. 빌이 땅에 떨어지기 전에!」

그리고는 어찌된 일인지 잠시 조용하더니 다시 웅성거리는 소리가 시작되었다.

「고개를 받쳐 줘! 브랜디를 가져와! 숨막히겠다. 조심해! 어떻게된 거야, 빌? 정신차려? 말을 해봐…….」

마침내 모기만한 작은 목소리가 들려왔다. 숨이 가쁜지 자꾸만 허덕이는 것 같았다. 앨리스는 그 목소리의 주인공이 빌이라는 걸 짐작할 수 있었다.

「글쎄, 나도 정신이 하나도 없는데…… 잘 모르겠어……. 됐어, 그만 해……. 이제 괜찮아……. 내가 기억하고 있는 건 웬 시커먼 바위덩어리 같은 게 다가왔는데, 그 다음 순간 난 로케트처럼 하늘로 떠올랐으니까!」

「그래서 날아가다 떨어졌구나!」

동물들이 겁에 질린 듯 수군거리는 소리가 들려왔다.

「이 집을 태워 버려야 해.」

토끼가 외치는 소리를 들은 앨리스는 깜짝 놀라 있는 힘을 다해 힘껏 소리쳤다.

「만약 그렇게 하면 다이나를 불러 모두 혼내줄 거야!」

그러자 갑자기 쥐 죽은 듯 조용해졌다. 그래도 앨리스는 불안하기만 했다.

'이젠 어쩌지? 저것들이 조금만 머리가 돌아간다면 지붕을 걷어낼 텐데.'

얼마나 지났을까? 한동안 잠잠하던 동물들이 다시 웅성이는 소리와 토끼가 명령하는 소리가 들려왔다.

「손수레 한 대면 충분할 거야. 자, 시작해.」

'손수레에 뭘 가져온 걸까?

앨리스는 무척 궁금했지만 그 궁금증은 없어졌다. 바로 그 순간부터 창으로 조그만 돌멩이들이 빗발치듯 쏟아져 들어왔다. 그중 몇 개는 그녀의 얼굴을 맞히고 있었다.

「더 이상은 안되겠네.」

이렇게 중얼거리고 난 앨리스는 조금 전처럼 다시 악을 썼다.

「그만 두는 게 좋을걸. 가만두지 않을 거야!」

그러자 다시 주위는 찬물을 끼얹은 듯 조용해졌다. 문득 방안을 둘러보던 앨리스는 깜짝 놀랐다. 방바닥에 떨어진 돌멩이들이 하나같이 조그만 과자로 변하고 있었던 것이다. 놀라움이 좀 가신 앨리스의 머리에 기발한 생각이 떠올랐다.

'이 과자를 먹으면 또 무슨 변화가 생길 거야. 틀림없어!

망설일 필요도 없었다. 얼른 과자 하나를 집어 입에 넣은 앨리스는 곧 바로 자신의 몸이 줄어드는 것을 깨닫고 뛸 듯이 기뻤다. 몸이 문을 빠져나갈 만큼 줄어들자 앨리스는 얼른 그 집에서 빠져나갔다. 뒤뜰에는 조그만 동물들과 새들이 떼를 지어 웅성거리고 있었고 두더지 두 마리가 불쌍하게도 쭉 뻗은 도마뱀 빌의 머리를 받쳐들고 병에 든 것을 입 속에 넣어 주고 있었다. 앨리스의 모습을 보고 그들은 우르르 쫓아왔다. 죽어라 하고 달리던 앨리스는 울창한 숲속으로 들어서서야 안전하다는 걸 알고 안도의 숨을 내쉬었다.

'자. 이제 무엇을 해야 할까?……'

앨리스는 숲속을 걸으며 생각했다.

'우선은 내 본래의 모습으로 커져야 하고 그리고 그 아름다운 정원

으로 가는 길을 찾는 거야. 이게 가장 최상책이겠지.'

그래야만 될 것 같았고 웬일인지 만사가 술술 풀릴 것만 같은 생각이 들었다. 그 방법만 찾아내면 될 것 같았다.

이런 생각으로 무슨 좋은 수가 없을까 하며 숲속을 기웃거리며 헤매고 있을 때, 머리 위에서 조그맣지만 날카롭게 짖어대는 소리가 들려 기겁하여 올려다보니 바위 위에서 커다란 괴물이 그녀를 내려다보고 있었다.

그러나 자세히 보니 몸집이 큰 강아지였다. 커다랗고 동그란 눈으로 그녀를 보며 앞발을 뻗어 잡으려 하고 있었으나 잡지 못하고 있었다.

「귀엽게 생겼구나!」

앨리스는 슬슬 어르며 휘파람을 불어 주려 했지만 잘 되지 않았다. 위험할지도 모른다는 생각에 불안했던 것이다. 만약 강아지가 배가 고프다면, 아무리 어른이다 하더라도 그녀를 잡아먹을지도 모르기 때문이다.

어찌할 바를 모르고 있던 앨리스는 정신없이 나뭇가지 몇 개를 집어 들고 강아지에게 휘둘렀다. 깜짝 놀란 강아지는 엎드려 있다가 벌떡 뛰어 일어나더니 마구 짖어대며 달려들었다. 금방이라도 물어 삼킬 기세였다. 혼비백산한 앨리스는 커다란 엉겅퀴 덤불 뒤로 몸을 숨겼다. 그러나 강아지가 뛰어 넘어올지도 몰라 불안해진 앨리스가 한쪽으로 몸을 내밀자 강아지가 다시 달려들었다. 얼른 몸을 숨긴 앨리스는 그때부터 숨바꼭질을 하듯 이쪽저쪽에서 번갈아 가며 나타나 강아지를 놀려대기 시작했다. 앨리스를 쫓던 강아지는 한동안 이쪽저쪽으로 뛰어 다니다가 뒤로 멀찍이 물러나 혀를 빼물고 헐떡거리며 눈을 게슴츠레 뜨고 주저앉아 버렸다.

기회는 이때라는 생각에 앨리스는 죽어라고 달리기 시작했다.

얼마나 뛰었을까, 숨이 턱에 차고 완전히 지쳤을 때는 이미 강아지의 짖는 소리는 아득히 들릴락말락하게 멀어져 있었다.

「날 괴롭히긴 했지만 그래도 아주 귀엽게 생긴 강아지였어!」

겨우 안심한 앨리스는 미나리아재비의 줄기에 몸을 기대고, 그 잎으로 부채질을 해 땀을 식히며 쉬고 있었다.

「내가 만약 본래의 모습대로만 될 수 있다면 그 강아질 귀여워해 주

　고 남에게 속지 않는 법도 가르쳐 줄 수 있을텐데……. 아, 그러고 보니까 다시 커져야 한다는 걸 깜빡 잊고 있었잖아! 어쩌지? 뭔가를 먹거나 마시면 될텐데 뭘 먹어야 하는 거지? 이를 어쩌면 좋지……?」

　바로 그 '무엇' 을 찾는 게 큰 문제였다. 앨리스는 꽃이나 나무, 풀잎 등 주위를 샅샅이 살펴보았으나, 아무리 둘러보아도 먹거나 마실만한 것은 아무 것도 찾을 수 없었다. 그래도 실망하지 않고 부지런히 뒤져가던 그녀는 자신의 키와 비슷한 커다란 버섯을 발견하고는 둘레와 밑부분을 빠짐없이 살핀 다음 버섯의 머리 위를 살펴보기로 했다. 발돋움하고 버섯의 머리 위를 살피기 시작한 앨리스는 그 위에 앉아 있는 커다란 송충이와 눈이 딱 마주쳤다. 팔짱을 낀 채 의젓하게 앉아 물담배를 빨고 있는 그 송충이는 그녀의 출현이나 주위의 일들에 대해선 아예 아무런 관심도 없는 것 같았다.

송충이의 충고

둘은 한동안 말없이 서로 마주보고 있다가 마침내 입에서 물담뱃대를 떼어 낸 송충이가 나른하고 졸리운 목소리로 말했다.

「넌 누구지?」

이건 대화를 시작하기에 적당한 말이라고 생각하지는 않았지만, 그래도 앨리스는 조금은 수줍은 듯 대답했다.

「저…… 지금 저는 제가 누군지 잘 모르겠어요. 오늘 아침까지는 제가 누구였다는 걸 알고 있었지만 그 후로 워낙 여러 번 변해 버려서 이젠 내가 누군지…….」

「무슨 소리를 하고 있는 거야?」

송충이가 짜증스러운 말투로 말했다. 「네가 누구냐니까?」

「죄송합니다만 제가 누군지 말할 수 없어요.」 앨리스는 풀이 죽어 대답했다. 「저는 원래의 제가 아니기 때문이에요.」

「무슨 말인지 통 모르겠네.」 송충이가 퉁명스럽게 말했다.

「분명하게 대답하지 못해 죄송해요.」 앨리스가 정중하게 말했다. 「저 자신을 제대로 납득할 수 없기 때문이지요. 하루에 몇 번씩이나 커졌다 작아졌다 해 왔으니 정신이 하나도 없어요.」

「그렇지 않아.」 송충이는 무슨 생각에서인지 고집스럽게 말했다.

「무슨 뜻인지 잘 모르시는 모양이군요?」 앨리스도 조금 짜증스러워졌으나 참을성 있게 설명했다. 「하지만 당신도 갑자기 번데기로 변했다가 조금 후에는 나방으로 변해 버린다면 어리벙벙해질 거예요. 그렇죠?」

「그렇지 않을 거야.」 송충이는 덤덤하게 대답했다.

「그렇다면 당신의 신경은 저와는 다른 모양이군요?」

앨리스의 어조는 비꼬는 투가 되었다. 「제 생각에는 그럴 경우 누구나 정신이 이상해질 거라고 생각되는데요」

「이것 봐!」 송충이가 이번엔 아주 경멸하는 투로 소리쳤다. 「도대체 넌 누구야?」

이렇게 되자 그들의 대화는 다시 원점으로 되돌아가야 했다. 똑같은 말을 한동안 반복하던 앨리스는 송충이의 거만스럽고 성의 없는 태도에 화가 치밀어 정색을 하고 말했다.

「당신이 먼저 자신이 누구라는 걸 밝혀야 도리일 것 같은데요!」

「왜!」

앨리스는 송충이를 이해시킬 만한 이유가 떠오르지 않았다. 그리고 이런 상태라면 더 이야기 할 필요가 없을 것 같아 앨리스는 등을 돌려 걸음을 옮기기 시작했다.

「돌아와!」 송충이가 그녀의 등에 대고 소리쳤다.

「중요한 이야기를 할 게 있어.」

그냥 해보는 소리 같지 않아 앨리스는 다시 돌아왔다.

「언제나 화를 내면 안돼.」 그녀가 다가오자 송충이는 제법 정색을 하고 말했다.

「아니, 겨우 그 얘기예요?」 앨리스는 또다시 화가 치밀어 오르는 것을 가까스로 참으며 말했다.

「아냐.」

송충이가 이렇게 말하자 앨리스는 잠자코 기다리기로 했다. 그 외에 다른 할 일도 없었지만 그러다 보면 들을 만한 가치가 있는 말을 할지도 모른다는 생각에서였다. 한동안 담뱃대만 뻐끔거리더니 송충이는 마침내 팔짱을 풀고 담뱃대를 치운 다음 입을 열었다.

「그래. 너는 자신이 변했다고 생각한다 이거지?」

「유감스럽지만 그래요.」 앨리스가 머뭇거리며 대답했다. 「전에 알고 있던 것들도 기억해 내지 못하겠고……. 단 10분 동안도 몸의 크기를 그대로 유지하지 못하니……!」

「무엇을 기억해 내지 못한다고?」 송충이가 다그치듯 물어왔다.

「'꼬마 벌의 노래'를 외우려고 했더니 '새끼 악어의 노래'가 되어 나오고 말았어요!」 앨리스는 그 일을 생각하니 금방이라도 눈물이 나

올 것 같았다.

「그럼 ‘이젠 늙으셨어요, 신부님’ 을 외워 봐.」

송충이가 엄격한 선생님 같은 말투로 말했다.

그가 시키는 대로 앨리스는 양손을 모아 쥐고 외우기 시작했다.

「이젠 늙으셨어요, 윌리암 신부님.」

젊은이가 말했네.

「머리카락도 하얗게 세고요.

그래도 여전히 물구나무를 서시는군요.

신부님의 나이에

그런 일이 어울린다고 생각하세요?」

「젊었을 때에는」

윌리암 신부가 젊은이에게 대답했네.

「그렇게 하면 뇌를 다칠까 겁냈지.

하지만 이젠 아무 염려 없다는 걸

알게 됐단다.

그래서 하고 또 하는 거야.」

「전에도 말씀드렸지만」

젊은이가 다시 말했네.

「늙으셨어요. 그리고 너무너무

뚱뚱해지셨구요.

그런데도 공중제비를 하시다니

맙소사, 무슨 이유로 그러시나요?」

「젊었을 때에는」

슬기로운 분은 백발을 흔들며 다시 말했네.

「갈비뼈를 언제나 유연하게 했었지.

이 고약을 발랐어.

─한 상자에 1실링이란다─

두어 개 사지 않을래?」

「이젠 늙으셨어요.」

젊은이가 또다시 말했네.

「턱도 약해져 비계처럼 부드러운 것이나 드실 수 있어요.

그런데도 거위를 통째로 드시니

맙소사,

비결이 뭐죠?」

「젊었을 때에는」

신부님이 다시 말했네.

「재판을 맡았었지.

62

한데 사사건건 마누라와 입씨름을 벌여

턱이 발달했지.

덕분에 턱이 튼튼하게 됐단다.」

「늙으셨어요.」

젊은이가 말했네.

「하지만 시력이 그렇게 좋다는 걸

사람들은 상상도 못할 거예요.

코끝의 땀방울도 보실 수 있으니까요.

어떻게 그러실 수가 있는 거죠?」

「세 가지나 대답을 했으니 그것으로 충분해.」

신부님이 화를 냈네.

「날 귀찮게 하지 마.

그 따위 바보 같은 소리를 하루 종일 지껄일

생각은 않겠지?

없어져, 그렇지 않으면 아래층으로

차버릴 테다!」

「틀렸어!」 송충이가 고개를 절레절레 흔들었다.

「알고 있어요. 죄송해요.」

앨리스가 기가 죽어 기어 들어가는 소리로 말했다.

「몇 마디 단어가 바뀐 것 같아요.」

「무슨 소리야! 처음부터 끝까지 틀렸어.」

이렇게 결정적인 말이 송충이의 입에서 튀어나온 후 둘 다 입을 다문 채 침묵이 흘렀다.

침묵을 깬 것은 송충이었다.

「어느 정도로 커지고 싶지?」

「특별히 원하는 크기는 없어요.」 앨리스가 급히 대답했다. 「자기 몸이 자주 변하는 걸 좋아할 사람이 어디 있겠어요. 아시겠어요?」

「모르겠어.」 송충이가 다시 퉁명스럽게 대답했다.

앨리스는 입을 다물어 버렸다. 이제껏 이런 식으로 마주 대놓고 어긋나는 대화를 하는 것은 처음이었던 것이다. 그녀는 점차 화가 치미는 걸 느꼈다.

「지금의 키는 어때?」 송충이가 재차 물어왔다.

「가능하다면 조금 더 커졌으면 좋겠어요.」 앨리스가 조심스럽게 말했다. 「키가 3인치밖에 안 된다는 건 속상한 일이 아닐까요?」

「쓸데없는 소리 마! 아주 적당한 키야!」

송충이는 노기 띤 소리를 지르며 몸을 벌떡 일으켰다(그의 키는 정확하게 3인치였다).

「하지만 난 이렇게 작은 게 어색해요!」 앨리스가 가엾은 투로 말했다. 「금방이라도 공격을 당할까봐 불안해서 못 견디겠어요. 이건 사람이 겪어야 할 일이 아니에요.」

「머지않아 익숙하게 될 거야.」

송충이는 속편하게 말하고 나서 물담뱃대를 입으로 가져가 피기 시작했다.

앨리스는 송충이가 다시 뭐라고 말할 때까지 참을성 있게 기다렸다. 잠시 후 입에서 담뱃대를 뗀 그는 하품을 두어 번 늘어지게 한 다음 몸을 한번 부르르 떨고는 버섯에서 내려와 서서히 기어 풀숲으로 사라져 가면서 중얼거리듯 말했다.

「한쪽은 네 키를 크게 할 거고 다른 쪽은 작아지게 할 거야.」

'아니, 무엇의 한 쪽과 무엇의 다른 쪽이란 말일까?

그의 말을 듣고 난 앨리스는 속으로 이렇게 물었다.

「버섯 말이야.」

그녀의 마음속을 읽기라도 한 듯 이렇게 말하고 난 송충이는 잠시 후 완전히 모습을 감췄다.

홀로 남게 된 앨리스는 한동안 버섯을 바라보며 어느 쪽이 어느 쪽인지 구별하려 해 보았다. 그러나 그건 쉽지 않았다. 왜냐하면 버섯은 둥그런 몸을 가졌기 때문이었다. 한동안 궁리하던 끝에 앨리스는 한가지 방법을 생각해냈다. 양팔을 한껏 벌려 버섯 몸통을 껴안은 앨리스는 오른손과 왼손으로 각각 한 움큼씩 뜯어냈다.

'이렇게 하면 어느 쪽이 어느 쪽인지 알아낼 수 있겠지.'

이렇게 생각한 앨리스는 우선 오른손으로 뜯어낸 버섯살을 조금씩 입에 넣으며 두고 보기로 했다. 다음 순간 그녀의 턱은 눈 깜짝할 사이에 아래로 아래로 내려가 어느새 자신의 발과 맞닿을 정도가 되고 말았다.

앨리스는 갑작스러운 변화에 놀랐지만 순식간에 자꾸만 줄어들어 놀랄 새가 없었다. 부리나케 왼손에 든 버섯살을 입에 넣으려 했지만 어느새 턱이 발에 맞붙어 쉽지 않았다. 그러나 기를 써서 마침내 입안에 넣을 수 있었다.

「아, 이제야 머리를 마음대로 움직일 수 있구나!」 앨리스는 기뻐서 소리쳤다. 그러나 다음 순간 그 소리는 비명 소리로 변하고 말았다. 내려다 봤으나 자신의 어깨가 어디에 있는지 보이지 않았기 때문이다. 보이는 것이라고는 저 멀리 아득한 곳에 푸른 바다처럼 펼쳐진 숲과 그 위로 등대처럼 솟아오른 엄청나게 긴 자신의 목뿐이었다.

「저 아래 펼쳐진 푸른 것들은 뭐지?」 앨리스는 당황해서 불안에 떨며 말했다. 「그리고 내 어깨는 도대체 어디에 있을까? 아 불쌍한 내손! 왜 보이지도 않니?」

그녀는 이렇게 말하며 어깨와 손을 움직여 보았으나, 저 먼 푸른 숲에서 보일락말락한 움직임이 있었을 뿐 그 이외엔 아무런 것도 보이지 않았다.

그런 형편이고 보니 그녀의 손을 들어올릴 수 없는 것처럼 생각되었다. 앨리스는 머리를 숙여 보았다. 다행스럽게도 그의 목은 뱀처럼 유연하여 마음대로 굽힐 수 있었다. 됐다는 생각으로 그녀는 목을 구부려 숲으로 머리를 집어 넣어 손을 찾으려 했다. 그러나 머리를 들이밀다 잘못해서 제일 높게 자란 나뭇가지에 얼굴을 찔려 멈칫하자, 그 가지 위 둥우리에 들어 있던 커다란 비둘기 한 마리가 그녀에게 달려들었다.

「이 더러운 뱀아, 썩 없어져!」 비둘기가 비명을 지르듯 소리쳤다.

「난 뱀이 아냐!」 앨리스도 화가 나서 소리쳤다. 「날 방해하지 마!」

「뱀이 아니라고!」

그 목소리는 조금은 누그러진 것이었다. 비둘기는 울먹이는 목소리로 덧붙였다. 「아무리 찾아봐도 적당한 장소가 없어 큰일이네.」

「네가 무슨 소리를 하는지 도무지 알아들을 수가 없구나.」

「나무 뿌리, 강둑, 언덕배기, 모두 찾아 보았지만…….」

비둘기는 그녀가 안중에도 없는 듯 말했다. 「어딜 가나 뱀! 뱀! 그것들을 피할 방법이 없어!」

앨리스로서는 갈수록 알 수 없는 말이었으나 비둘기가 이야기를 끝낼 때까지는 무슨 말을 해도 소용이 없다는 생각이 들었다.

「언뜻 봐서는 알을 품어도 괜찮을 것처럼 안전하게 보였지만.」

비둘기는 생각만 해도 불안한 듯 몸을 부르르 떨었다.

「천만에. 뱀이란 놈은 어디에나 숨어 있어. 밤낮 그놈을 지키느라고 3주일 동안 눈 한번 못 붙였어.」

「고생이 심했구나. 안됐다.」

그제야 비둘기가 왜 그러는지 이해하기 시작한 앨리스는 동정어린 어조로 말해 주었다.

「그래서 제일 높게 자란 나무에 자리를 잡고 알을 품고 있었던 거야.」 비둘기가 이번엔 날카로운 목소리로 악을 써댔다. 「이렇게 높으니까 뱀들도 여기까지는 못 오리라고 생각했던 거지. 하늘에서 밧줄이 내려오기 전에는 올라오지 못하리라고 믿었던 거야. 그런데 여기에도 또 있었어. 이 천벌을 받을 뱀아!」

「난 뱀이 아니라고 했잖아!」 이렇게 고함치고 난 앨리스는 갑자기 확신이 서지 않았다. 「난⋯⋯나는⋯⋯.」

「말해 봐! 넌 뭐야?」 비둘기가 계속 몰아붙였다. 「거짓말을 꾸며대려고 한다는 걸 알고 있어!」

「난⋯⋯난 나이 어린 소녀야.」

이렇게 말하면서 앨리스 스스로도 하루에 몇 번씩이나 변하고 난 지금 이런 말이 정당할까 하고 의심했다.

「아주 그럴 듯하군. 그래!」 비둘기가 경멸하는 어조로 말했다. 「난 이제껏 계집아이들을 수없이 보아왔지만 너처럼 목이 긴 아이는 본적이 없어! 난 안 속아! 넌 뱀이야! 아무리 아니라고 해도 소용없어. 다음엔 새알 같은 건 입에 대 본 적도 없다고 하겠지?」

「무슨 소리야? 난 새알이나 달걀은 많이 먹었어.」

앨리스는 솔직히 대답했다. 「나같이 어린 아이들은 그런 걸 많이 먹어야 해.」

「믿을 수 없어!」 비둘기 역시 날카롭게 말했다. 「하지만 만약 그렇더라도 그들도 뱀이랑 비슷하다고 말할 수밖에 없어!」

너무나 어이없는 말이라 앨리스가 아무 말도 못하고 있자 비둘기가 다시 소리치듯 말했다.

「넌 새알을 찾고 있었지? 내 눈은 못 속여. 네가 뱀이든 계집아이든 나한텐 상관없는 일이야! 단지 중요한 건 네가 새알을 찾고 있었다는 거야!」

「물론 난 새알을 좋아해.」 앨리스는 서둘러 말했다.

「하지만 찾고 있진 않았어. 혹시 눈에 띄었다 하더라도 네 알을 먹지는 않았을 거야. 날로는 먹지 않으니까.」

「그렇다면 썩 없어져!」

거친 말투로 이렇게 말하고 난 비둘기는 다시 제 둥우리로 날아가 버렸다. 멋쩍게 된 앨리스는 덤불에 얼굴을 찔려가며 가능한 한 머리를 바짝 숙여 그 자리를 피했다. 이렇게 온 숲속을 헤매던 앨리스는 자신의 손에 아직까지 버섯살이 남아 있는 걸 기억해 내고는 양손에 있는 것들을 조금씩 먹어가며 키를 조절하기 시작했다. 어떨 땐 커지고 어떨 땐 작아지고 하는 사이에 마침내 평상시의 키로 되돌아갈 수 있었다.

몸이 변한 지가 하도 오래 되어 처음엔 이상하고 어색하기만 했으나 시간이 조금 흐르자 다시 익숙해질 수 있었다. 일단 몸의 크기가 제대로 되자 앨리스는 버릇처럼 자신에게 이야기하기 시작했다.

「자, 이제 계획의 절반은 이루어졌구나! 세상에 순간순간에 이렇게 변하다니 정말 놀라운 일이야. 바로 몇 분 후에 또 어떻게 변할지도 모르니……. 하지만 어쨌든 제 모습으로 돌아왔으니까 다음 일을 생각해야지. 이제 그 아름다운 정원으로 들어가야지. 어떻게 해야 한담?」

이렇게 말하는 순간 그녀의 몸은 어느새 탁 트인 넓은 공터에 나와 있었고 그녀의 앞에는 높이가 1미터쯤 되어 보이는 자그마한 집이 한 채 있었다.

'저곳에 누가 살든지' 앨리스는 생각했다. '이렇게 큰 날 보면 놀랄 게 분명해. 놀라게 해서는 안돼.'

이렇게 생각한 앨리스는 오른손에 든 버섯살을 조금씩 뜯어먹기 시작했다. 그리고 그녀의 키가 30센티 정도로 줄어들자 그 집을 향해 발걸음을 옮겼다.

돼지와 후춧가루

　이제 어떻게 하나 하고 그 집을 쳐다보며 궁리하고 있을 때 병정 한 사람이 종종 걸음으로 숲에서 나와—급한 걸음으로 미루어 병정이라고 생각했던 앨리스는, 그의 얼굴을 보는 순간 '물고기' 라고 부르기로 했다—주먹으로 대문을 쾅쾅 두드렸다.

　문을 열고 나온 것은 얼굴이 둥글고 눈이 개구리처럼 커다랗고 툭 튀어나온 병정이었다. 자세히 살펴보니 병정 둘은 하나같이 머리를 뒤로 넘겨 파우더를 발라 단정했다. 또다시 호기심이 일어난 앨리스는 그들의 이야기를 엿들으려고 숲에서 살금살금 기어 나왔다.

　물고기 병정이 품안에서 그의 몸집과 거의 맞먹을 정도로 큰 편지를 꺼내 그것을 개구리 병정에게 건네주며 제법 엄숙한 목소리로 말했다.

　「공작 부인을 여왕 전하께서 크로켓 게임에 초대하시는 초대장이요.」

　그러자 개구리 병정이 똑같은 말을 복창했다. 그러나 말의 순서는 바뀌어 있었다.

　「여왕 전하께서 공작 부인에게 보내신 경기 초대장을 받겠소.」

　그의 어조도 물고기 병정처럼 제법 엄숙하였다. 그리고는 두 병정은 서로 상대방에게 머리를 깊숙이 숙여 절을 했다. 그 바람에 두 병정의 머리가 부딪쳐 뒤로 넘겼던 머리카락이 앞으로 흘러내려 엉망이 되고 말았다.

　이런 모습을 바라보던 앨리스는 나오는 웃음을 꾹 참고 그들에게 들킬까 봐 황급히 숲 속으로 몸을 숨겼다. 그녀가 다시 내다보았을 때는 물고기 병정의 모습은 어느새 사라져 버렸고 개구리 병정만이 현관에 주저앉아 멍하니 하늘을 올려다보고 있었다.

앨리스는 조심스럽게 다가가 문을 두들겼다.

「두들길 필요 없어.」 개구리 병정이 그녀를 바라보며 말했다. 「그건 두 가지 이유에서지. 첫째는 내가 너처럼 밖에 나와 있기 때문이고, 둘째는 집안이 몹시 소란스러워 문 두드리는 소리를 아무도 듣지 못할 것이기 때문이야.」

그의 말대로 집안에서는 굉장히 시끄러운 소리가 들려오고 있었다. 아우성치는 소리, 짖어대는 소리, 우는 소리, 웃는 소리, 그릇 깨지는 소리, 무엇인가 부서지는 소리, 무너지는 소리…… 등등이 끊이지 않고 들려오고 있었다.

「그렇다면 미안하지만……」 앨리스가 개구리 병정에게 사정하듯 말했다. 「들어가려면 어떻게 해야 하는지 가르쳐 주지 않겠어요?」

「언제든 노크를 한다고 되는 줄 알아?」 개구리 병정은 그녀를 바라보지도 않고 말했다. 「우리 사이에 문이 있을 때 두들기는 거야. 예를 들어 네가 안에 있고 내가 밖에 있을 때 두들긴다면 널 밖으로 나오게 할 수 있지. 알겠어? 노크란 그럴 때 하는 거야.」

'도대체 이게 무슨 소리지? 개구리 병정은 그렇게 말하면서도 여전히 하늘만 올려다보고 있었다. 어이가 없어 잠시 바라보고만 있던 앨리스는 마침내 그가 무례하다고 생각했다.

'저런 사람이 나에게 무슨 도움이 되지? 그녀는 속으로 이렇게 말했다. '눈이 저렇게 머리 꼭대기에 붙었으니 그렇지 않겠어? 하지만 대답은 제대로 할 수 있을 게 아냐?

「어떻게 해야 들어갈 수 있죠?」

큰 소리로 다시 물었다.

「난 여기 앉아 있을 거야.」

개구리 병정은 여전히 딴소리만 했다. 「내일까지라도…….」

바로 그 순간 문이 벌컥 열리고 커다란 접시 하나가 그의 얼굴을 향해 날아와 아슬아슬하게 코를 스치고 지나가 뒤에 있는 나무에 부딪혀 산산조각이 나버렸다.

「……아니면 그 다음날까지라도…….」

그러나 개구리 병정은 눈썹 하나 까딱하지 않고 조금 전과 같은 어조로 말하고 있었다.

「어떻게 하면 들어갈 수 있죠?」 앨리스가 다시 한번 큰소리로 물었다.

「정말 들어가고 싶어?」 개구리 병정이 놀리는 투로 말했다. 「그게 문제지.」

이곳에 있는 짐승들은 틈만 있으면 사람을 흥분시키는 데 탁월하다는 생각이 다시 떠올랐다. 이것들은 사람을 미치게 하는 데에는 아주 특별한 재주를 지닌 것 같았다.

앨리스가 이런 생각을 하고 있는 사이에 개구리 병정은 좋은 기회를 만났다는 듯 같은 소리를 되풀이하고 있었다.

「난 여기 앉아 있을 거야. 언제까지라도.」

「하지만 난 무얼 하죠?」

「좋을 대로 해.」 개구리 병정은 역시 놀리는 투로 말한 후 휘파람을 불어대기 시작했다.

「이 자와 이야기해 봐야 소용이 없겠어. 바보 천치가 틀림없어.」

이렇게 혼잣말을 하고 난 앨리스는 스스로 문을 열고 안으로 들어섰다. 그 문은 곧장 부엌으로 연결되어 있었다.

식당을 겸한 부엌은 연기가 자욱하게 차 있었고 공작 부인은 그 한가운데 놓여 있는 다리가 세 개뿐인 둥근 의자에 앉아 아기를 얼르고 있었으며, 요리사는 벽난로에 기대어 수프가 든 커다란 솥을 젓고 있었다.

「수프 속에 후춧가루를 너무 많이 넣은 것 같군!」

앨리스는 재채기를 해대며 중얼거렸다.

틀림없이 그녀의 생각이 맞는 것 같았다. 공작 부인은 이따금 재채기를 하고 있었던 것이다. 아기는 한순간도 쉬지 않고 번갈아 가며 재채기와 기침을 해대고 있었다.

그래도 그 부엌 안에서 재채기나 기침을 하지 않는 두 존재가 있었다. 요리사와 벽난로 옆에 앉아 한쪽 귀에서 다른 쪽 귀까지 입이 찢어져라 웃고 있는 커다란 고양이였다.

「저, 이야기 좀 해 주세요.」

앨리스는 자기가 먼저 말을 거는 게 예의에 어긋나지 않을지 확신이

서지 않아 조심스럽게 말했다.

「왜 저 고양이는 저렇게 웃고 있나요?」

「체셔 고양이라서 그런단다.」 공작 부인이 대꾸했다. 「그게 이유야, 이 돼지야!」

그녀가 마지막 말에 갑자기 힘을 줘서 말했기 때문에 앨리스는 펄쩍 뛸 정도로 깜짝 놀랐다. 그러나 다음 순간 그것이 자기에게 하는 소리가 아니라 아기에게 하는 말이라는 걸 깨닫고 용기를 내어 말을 계속했다.

「체셔 고양이는 항상 웃는다는 걸 몰랐어요. 아니 사실 전 고양이가 웃을 수 있다는 것조차 몰랐어요.」

「모든 고양이는 웃을 수 있지.」 공작 부인이 말했다.

「그리고 거의 모든 고양이는 웃고 있어.」

「어느 고양이나 웃는다는 말은 처음 들었어요.」

이렇게 공손하게 말하며 앨리스는 대화를 할 수 있는 게 그지없이
기뻤다.

「모르는 게 많구나.」 공작 부인이 다시 쌀쌀하게 말했다. 「아마 그럴
거야.」

앨리스는 공작 부인의 어조가 영 마음에 들지 않았지만 화제가 바뀌
면 나아질지도 모른다고 생각했다. 그녀가 이런 생각을 하며 다른 화
제를 찾고 있을 때, 난로에서 수프 솥을 내려놓은 요리사가 느닷없이
닥치는 대로 물건을 집더니 공작 부인과 아기를 향해 던지기 시작했
다. 먼저 부젓가락이 날아오고 뒤를 이어 프라이팬, 쟁반, 접시 등이
소낙비처럼 쏟아져 날아오고 있었다.

그런데도 공작 부인은 조금도 개의치 않는 눈치였다. 날아온 물건에
맞아도, 아기가 금방이라도 숨이 넘어갈 듯이 기침을 해대도 눈썹하나
까딱 안 했다.

「아. 제발 그만두지 못해요!」

눈앞의 무서운 광경에 질린 앨리스가 겁이 나서 소리쳤다. 「이봐요,
코에 맞겠어요!」

어마어마하게 큰 프라이팬이 그녀의 코를 향해 날아오다가 아슬아

슬하게 비껴갔다.

「세상의 모든 사람이 남의 일에 상관않고 자기 일에만 열심이라면!」

오히려 공작 부인은 화가 치민 듯이 그녀에게 고함치며 말했다.

「이 지구가 좀더 빨리 돌아갈 수 있을 거야.」

「지구가 빨리 도는 게 무슨 상관이에요?」

공작 부인의 말에 자신의 작은 지식이나마 보일 수 있게 돼 더없이 기쁜 앨리스가 서둘러 대꾸했다.

「밤과 낮이 뒤바뀌면 어떻게 하죠? 지구가 지축을 중심으로 한 바퀴 도는데 스물 네 시간이 걸려야…….」

「지축이 어쨌다고? 건방지구나!」 공작 부인이 화를 벌컥 냈다. 「목을 쳐 버려!」

놀란 앨리스는 겁에 질려 요리사를 바라보았다. 그러나 요리사는 공작 부인의 말을 못 들었는지 열심히 수프를 젓고 있었다. 겨우 안심한 앨리스가 용기를 내어 다시 말을 이었다.

「스물네 시간이 걸려야 해요. 아니, 열두 시간이던가요?」

「시끄러워.」 공작 부인이 소리쳤다. 「난 숫자 따위엔 관심 없어!」

그렇게 말하고는 품에 안은 아기를 다시 얼르기 시작했다. 그녀는 자장가 같은 노래를 아기에게 불러주면서 한 구절이 끝날 때마다, 오히려 아기를 끔찍할 만큼 세게 흔들어댔고 그 자장가라는 것도 들어보니 어처구니가 없었다.

아기에게는 거칠게 말하라.

그리고 기침을 하면 때려 주지.

그렇게 하면 어른들이 놀랄 줄 알고

일부러 하는 짓이니까.

(그러자 요리사와 아기가 입을 모아 따라 부른다.)

―오우! 오우! 오우!

2절을 부르는 동안 공작 부인은 계속 아기를 위아래로 거칠게 흔들어댔고 불쌍한 어린것은 자지러들 듯이 울어대서 앨리스는 노랫소리를 거의 들을 수 없었다.

아기에게는 거칠게 말하고

기침을 하면 때려 주지.

언제든지 즐겁게 하기 위해

후춧가루를 잔뜩 먹인다.

모두 합창하여,

오우! 오우! 오우!

「자, 원한다면 네가 한번 아기를 얼러 봐.」

노래를 하던 공작 부인이 이렇게 말하며 안고 있던 아기를 앨리스에게 내밀었다. 「난 여왕 전하의 크로켓 게임에 갈 채비를 해야겠다.」

그리고는 서둘러 식당에서 나가 버렸다. 그녀가 나갈 때 요리사가 또다시 프라이팬을 던졌으나 다행히 그녀를 맞추지 못했다.

앨리스는 아기가 이상하게 생긴 데다 팔과 다리를 제멋대로 뻗고 있어 안아들기가 조금 불편했다. 그런 아기를 보며 앨리스는 불가사리 같다는 생각을 했다. 불쌍한 어린것은 증기 기관차의 엔진처럼 거칠게 숨을 몰아쉬고 있었다.

아기를 제대로 안아들자마자 앨리스는 공기가 맑은 집 밖으로 나섰다.

'이 아기를 내가 데리고 가지 않으면' 앨리스는 아기를 바라보며 이런 생각을 했다. '하루나 이틀 사이에 이 아기를 죽이고 말 거야. 그럴 줄 알면서도 그냥 모른 채 가는 것도 죽이는 것이나 마찬가지겠지?

마지막 말을 소리내어 말하자 아기는 대답이라도 하듯 꿀꿀거렸다. 어느새 기침이나 재채기는 그쳐 있었다.

「그런 소리내지 마!」

듣기 싫은 소리에 앨리스가 얼굴을 찡그리며 나무랐다.

「그런 소리로 자기 생각을 표현하는 건 옳지 못해.」

그러나 아기가 다시 꿀꿀거리자 앨리스는 이상한 생각이 들어 아기의 얼굴을 자세히 살펴보았다. 툭 튀어나온 들창코에 눈도 다른 아기들과는 달리 보일락말락할 정도로 작아 아주 흉한 얼굴이었다.

'아냐, 어쩌면 너무 울어서 이렇게 됐는지 몰라.'

이렇게 생각한 앨리스는 아기가 눈물을 흘리고 있는지 다시 한번 들여다 보았다.

그러나 눈물을 흘렸던 흔적은 전혀 보이지 않았다.

「만약 네가 돼지로 변하고 있는 거라면」 앨리스가 심각한 어조로 아기에게 말했다. 「난 너에게 아무 것도 해줄 수 없어, 알겠니?」

그러자 불쌍한 아기가 다시 훌쩍거렸다. 아니면 꿀꿀거리는 것이었을까. 확실히 꼬집어 이야기할 수 없었다. 그리고 나서 그들은 한동안 말없이 그저 걷기만 했다.

걸으면서 앨리스는 생각했다.

'이 괴상하게 생긴 아기와 함께 집으로 가면 식구들이 뭐라고 할까?

다시 아기가 요란스럽게 꿀꿀거리기 시작하자 앨리스는 근심어린 눈으로 들여다 보았다. 아무리 아니라고 생각해 봐야 소용없는 일이었다. 틀림없는 새끼 돼지였다. 그렇다면 돼지를 더 이상 데리고 갈 아무런 이유가 없다는 생각이 들었다.

이런 생각으로 그 새끼 돼지를 땅에 내려놓자 숲 속으로 뛰어 들어 갔다. 이내 앨리스는 마음이 아주 홀가분해졌다.

「저것이 자라게 되면」 앨리스는 혼잣말을 했다. 「보나마나 굉장히 못생긴 아이가 될 거야. 차라리 돼지라면 잘 생긴 돼지가 되겠지.」

그리고 나서 앨리스는 자기가 잘 아는 아이들 중에서 돼지같이 구는 아이들을 생각해 보았다.

'만약 변하게 할 줄 아는 사람이 있다면 그들도⋯⋯.'

이런 생각을 하던 앨리스는 생각을 멈추었다. 몇 미터 앞 나뭇가지에 체셔 고양이가 앉아 있는 것을 발견하고는 약간 겁이 났던 것이다. 그러나 그녀를 바라보는 고양이는 여전히 웃고 있었다. 발톱이 길고 이빨이 날카로워 보였지만 웃는 모습을 보고 앨리스는 마음씨 좋은 고양이일 거라고 짐작하며 가까이 다가갔다.

「체셔 고양이야.」 앨리스는 자신은 없었지만 조심스럽게 다정한 목소리로 불렀다. 그러자 고양이는 입을 좀더 벌리고 웃고만 있었다. 앨리스는 용기를 내었다.

'거봐, 아무 일도 없잖아! 그렇게 생각한 앨리스가 말을 이었다.

「여기서 어디로 가야 좋을지 말해 주지 않겠니?」

「그거야 네 맘대로지.」 고양이가 우습다는 투로 말했다.

「하지만 난 어디가 어딘지 잘 모른단 말야!」 앨리스가 안타까운 마음으로 말했다.

「그럼 네가 가고 싶은 데로 가.」

「그렇지만 가야 할 곳이 있어. 그곳이 어떤 곳인지는 모르지만.」

이렇게 말하면서 앨리스도 우스운 말이라는 생각이 들었다.

「재미있는 이야기구나.」 고양이가 깔깔거리고 웃어 댔다. 「그럼 빨리빨리 가보시지.」

그 이야긴 더 해봤자 소용이 없다는 걸 깨달은 앨리스는 다른 것들을 물어 보았다.

「여기엔 어떤 사람들이 살고 있지?」

「이쪽으로 가면……」

고양이가 오른쪽 발을 들어 가리키며 말했다.

「해터(모자를 만드는 사람)가 살고 있고, 저쪽으로 가면……」 이번엔 왼쪽 발을 들어 가리켰다. 「'3월의 토끼'가 살고 있지, 둘 다 미쳤으니까 좋다면 한번 가 봐.」

「미친 사람들에게는 가고 싶지 않아.」 앨리스가 도리질을 하며 말했다.

「아, 어쩔 수가 없어.」 고양이는 여전히 빙글거리며 말했다. 「여기는 누구나 다 미쳐 있으니까, 나도 미쳤고. 너도 알지?」

「내가 미쳤는지 어떻게 알지?」

앨리스는 화가 났지만 눌러 참으며 물었다.

「틀림없이 미쳤어.」 고양이가 자신있게 말했다. 「안 그러면 이런 덴 오지 않았을 테니까.」

뭐라고 반박할 말이 없었다. 그래도 앨리스는 지지 않고 말을 이었다.

「너 자신이 미쳤다는 것은 어떻게 알았지?」

「미치지 않은 개를 생각해 보면서 이야기하자. 괜찮겠지?」

「그래.」 앨리스가 궁금하게 여기며 대답했다.

「좋아, 그럼 시작하지.」 고양이는 무슨 중요한 이야기라도 되듯 말했다. 「개는 화가 나면 으르렁대고 기분이 좋으면 꼬리를 흔들지? 그런데 난 반대야. 기분이 좋으면 짖고 화가 나면 꼬리를 흔들어. 그러니까 난 미친 거야.」

「넌 짖는 게 아냐. 좋아서 '야옹' 하는 거야.」

「그런 건 아무래도 좋아!」

짜증스럽게 말한 고양이는 화제를 바꿨다. 「오늘 여왕님의 크로켓 경기에 참가할 거니?」

「나도 그 경기를 아주 좋아해.」 앨리스는 풀이 죽은 목소리로 대꾸했다. 「하지만 난 초대받지 못했는걸.」

「거기에 오면 날 볼 수 있을 거야.」

그리고는 고양이는 사라져 버렸다. 그러나 이제 이상한 일에 익숙해질 대로 익숙해진 앨리스는 별로 놀라지 않았다. 어떻게 해야 할 지 몰라 고양이가 앉아 있던 자리를 한동안 바라보고 서 있었다. 어떻게 된 노릇인지 고양이의 모습이 불쑥 다시 나타났다.

「깜빡 잊고 있었는데, 아기는 어떻게 됐지?」 고양이가 아무 일도 없었다는 듯 물었다.

「아기가 돼지로 변해 버렸어.」

앨리스도 고양이가 없어졌다가 다시 나타난 게 당연하다는 듯 아무렇지도 않게 대답했다.

「그럴 줄 알았지.」

고개를 끄덕인 고양이는 다시 사라져 버렸다.

앨리스는 은근히 고양이가 다시 나타나기를 바라며 그 자리에서 잠시 기다렸지만 나타나지 않자 '3월의 토끼' 가 산다는 방향을 향해 걷기 시작했다.

「해터는 본 일이 있거든.」

그녀는 혼잣말로 중얼거렸다. 「'3월의 토끼' 를 만나는 게 더 재미있을 거야. 그리고 지금이 4월이니까 아무래도 3월처럼 헛소리를 할 정도로 미쳐 있진 않겠지(토끼는 3월이면 발정기가 되어 행동이 거칠고 사나워진다—옮긴이).」 이렇게 말하며 문득 위를 보자 나뭇가지 위에 다시 고양이가 나타나 있었다.

「아까 '돼지' 라고 했어, '무화과' 라고 했어(무화과는 'fig' 로 돼지의 'pig' 와 발음이 비슷함—옮긴이)?」

고양이가 물어왔다.

「'돼지' 라고 했어!」 앨리스는 짜증이 나 소리쳤다.

「그리고 갑자기 나타났다 사라졌다 하지 마! 보고 있는 사람이 정신이 없잖아!」

「좋아, 알았어.」

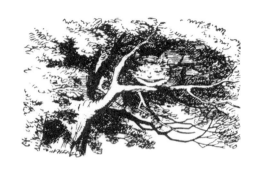

이렇게 대답하고 난 고양이는 이번에 꼬리부터 점차 사라지기 시작
하더니 웃는 얼굴을 끝으로 완전히 사라졌다. 고양이의 미소는 모습이
사라진 후에도 한동안 그대로 남아 있는 것 같았다.

'웃지 않는 고양이는 자주 본 적은 있지만…….'

사라져 간 고양이를 생각하며 앨리스는 엉뚱한 생각을 하고 있었다.
'미소 없는 고양이, 아니 고양이 없는 미소는 이 세상에서 가장 이상한
일일 거야!'

이런 생각을 하면서도 앨리스는 자신의 생각이 뒤바뀐 것이라는 걸
깨닫지 못하고 있었다. 혹시 앨리스도 고양이의 말대로 미쳐버린 게
아닐까?

그녀는 얼마 가지 않아 '3월의 토끼'의 집을 발견할 수 있었다. 토끼
귀 같은 굴뚝과 토끼털 같은 풀로 덮여 있는 지붕 때문에 그녀는 쉽게

그 집이 토끼의 집이라는 걸 알아차릴 수 있었던 것이다. 그 집이 상당히 크다는 걸 알게 된 앨리스는 지금처럼 작은 모습으로는 위험할지도 몰라 키가 60센티 정도가 될 때까지 왼손에 들고 있던 버섯살을 뜯어 먹었다.

　키가 커지고 나서도 그 집으로 다가가는 앨리스는 아주 조심스러운 자세였다. 불안했던 것이다.

　「혹시 토끼가 미쳐서 몹시 사나울지도 몰라! 해터의 집으로 갈 걸 그랬나봐!」

미치광이들의 티 파티

그 집 앞에 있는 커다란 나무 밑에는 식탁이 마련되어 있었고 '3월의 토끼'와 '모자장이 해터'가 차를 마시고 있었다. 그들은 자기들 사이에 끼어 앉은 도어마우스(쥐의 일종으로 동면함—옮긴이)를 쿠션인 양 그 위에 팔꿈치를 얹고 쥐의 머리 위로 이야기를 나누고 있었다.

「도어마우스가 얼마나 불편할까?」

앨리스는 측은한 생각이 들어 이렇게 중얼거렸다.

「하지만 잠이 들어서 모르고 있을 테니까 다행이야.」

식탁은 제법 널찍했는데 웬일인지 그들 셋은 한쪽에 몰려 앉아 있었다. 그리고 앨리스가 다가오는 걸 본 그들은 이렇게 소리쳤다.

「자리가 없어! 앉을 자리가 없어!」

「거짓말 마! 이렇게 자리가 많잖아!」

앨리스는 화를 벌컥 내며 빙 둘러보다가 식탁 한쪽에 놓여 있는 안락의자를 차지하고 앉았다.

「그럼 포도주를 마셔.」

'3월의 토끼' 가 제법 비위를 맞추려는 듯이 말했다. 그러나 앨리스는 아무리 둘러봐도 식탁 위에는 차 외엔 아무 것도 눈에 띄지 않았다.

「포도주가 안 보이는데.」

앨리스가 의아스런 표정을 지으며 토끼를 바라보았다.

「그야 없으니까 안 보이지.」 토끼가 이죽거리며 대답했다.

「있지도 않은 걸 마시라고 하는 건 실례야.」 앨리스가 화를 내며 말했다.

「권하지도 않았는데 멋대로 식탁에 앉는 건 실례가 아닌가?」 토끼가 지지 않고 맞섰다.

「너희들만을 위한 식탁인 줄 몰랐어.」 앨리스가 미안한 듯이 말했다. 「그리고 식탁엔 빈 자리가 많았고.」

「머리를 잘라야 되겠구나.」 해터가 입을 열었다. 계속 호기심을 갖고 앨리스를 바라보고 있던 그의 첫 말이었다.

「신상에 관한 문제를 직접적으로 말하는 건 교양에 어긋나는 일이야.」 앨리스가 따끔하게 한마디 했다. 「버릇없는 일이야.」 이 말을 들은 해터는 눈이 휘둥그래졌으나 정작 그가 한 말은 엉뚱한 소리였다.

「갈가마귀와 책상의 유사점이 뭐지?」

'이거 수수께끼잖아?

앨리스는 기분이 가벼워졌다.

「재미있겠는데. 알 것 같아!」

마지막 말은 소리내어 말했다.

「그럼 답을 알 수 있다는 뜻이야?」

토끼가 깔보는 투로 말했다.

「그렇다니까!」 앨리스가 이렇게 말하자 토끼가 다그쳤다.

「그럼 아는 걸 말해 봐.」

「그러겠어.」 앨리스가 서둘러 대답했다. 「적어도 아는 걸 말하는 거나 아니, 말하는 걸 아는 거나 마찬가지가 아니겠어?」

「그건 전혀 달라!」 해터가 도리질을 하며 말했다. 「먹는 걸 좋아하는 것과 좋아하는 걸 먹는 것이 같아?」

「그래, 네 말이 맞아.」 '3월의 토끼' 가 한마디 거들었다. 「얻는 걸 좋아하는 것과 좋아하는 걸 얻는 게 다른 것처럼 말이지.」

「그러니까 이런 얘기지.」

잠들어 있던 도어마우스까지도 잠꼬대를 하듯 끼어들었다. 「내 경우엔 '잠잘 때 숨을 쉰다' 는 것은 '숨쉴 때 잔다' 와 다를 게 없거든.」

「그건 너한테나 같은 거지!」

해터가 짜증스러운 목소리로 이렇게 핀잔을 주는 바람에 대화는 중단되고 어색한 침묵만이 계속됐다. 그 사이 앨리스는 갈가마귀와 책상의 유사점을 찾느라 골몰하고 있었다.

그 침묵을 깬 것은 해터였다.

「오늘이 몇 일이지?」

그는 앨리스를 향해 이렇게 묻고는 주머니에서 시계를 꺼내 흔들어 보기도 하고 귀에 대고 소리를 들어 보기도 했다.

앨리스는 잠깐 생각해 보고 나서 대답해 주었다.

「4일이야.」

「이틀이나 틀리는군.」

해터가 한숨을 내쉬었다. 그리고는 「버터가 이 시계에 맞지 않는다고 했잖아!」 하고 토끼에게 화를 내며 말했다.

「그래도 최고급 버터야.」 토끼가 풀이 죽어 대답했다.

「그건 알아. 하지만 그걸 시계 속에 넣을 때 불순물이 들어갔겠지.」

해터는 여전히 화가 안 풀린 어조였다. 「그 빵 자르는 칼로 집어넣는 게 아니었어!」

토끼는 해터로부터 시계를 받아들어 한동안 불만스런 시선으로 바라보다가 찻잔 속에 집어넣고 들여다 보았다. 그러나 달리 좋은 말이 떠오르지 않는지 조금 전에 한 말을 다시 되풀이했다.

「그래도 그 버터는 최고급품이었어.」

그의 어깨 너머로 벌어지는 일들을 바라보고 있던 앨리스가 호기심 어린 눈으로 입을 열었다.

「참 이상한 시계도 다 있네. 시간은 나타나지 않고 날짜만 나타나네.」

「그게 뭐가 이상해?」해터가 반박했다. 「그럼 네 시계에는 올해가 몇 년이라는 것도 나와 있단 말야?」

「물론 그런 건 없어.」

앨리스는 어렵지 않게 대답했다. 「일년은 아주 긴 거니까 나타낼 필요가 없기 때문일 거야.」

「그렇다면 내 시계는 어떤 경우지?」

해터의 이 말에 앨리스는 여우에게 홀린 기분이었다. 그의 말은 틀림없이 우리 말은 우리 말이었지만 무슨 뜻인지 통 이해할 수가 없었던 것이다.

「뭐라고 하는지 잘 모르겠구나.」그녀는 이렇게 조심스럽게 반문했다.

「도어마우스가 또 잠들구나.」

앨리스의 말에는 대꾸도 없이 엉뚱한 소리를 하고 난 해터는 잠든 도어마우스의 코에 뜨거운 찻물을 부어 넣었다.

놀란 도어마우스는 머리를 흔들어 댔으나, 여전히 눈을 뜨지 않은 채 말했다.

「그래, 난 내가 누구라는 걸 보여주려 하는 거야!」

「아직도 수수께끼를 생각하고 있니?」해터가 다시 앨리스에게 물었다.

「아니, 포기했어.」

앨리스가 되물었다. 「해답이 뭐지?」

「난 감도 잡히지 않는걸.」

해터가 이렇게 말하자 토끼도 맞장구를 쳤다.

「나도 그래.」

앨리스는 어처구니가 없어 한숨을 내쉬었다.

「시간이 너무 아깝다. 해답도 모르는 수수께끼를 한다는 건 시간낭비야.」

「너도 나만큼 '시간' 에 대해 잘 안다면……」 웬일인지 모자장이가 화를 벌컥 냈다. 「낭비니 뭐니 그 따위 소리는 할 수 없을 거야. 그에 대한 모독이야.」

「무슨 소리야?」 앨리스가 어리둥절해서 말했다.

「알 턱이 있나.」

해터가 고개를 치켜들고 그녀를 깔보듯이 내려다보며 말했다. 「 '시간' 과 이야기를 나눠 본 적도 없을 테니까.」

「그럴지도 몰라.」 앨리스가 조심스럽게 대답했다.

「하지만 음악 시간이면 시간에 맞추기 위해 박자를 쳐.」

「아, 바로 그거야!」 해터가 알 만하다는 듯 말했다.

「그는 치는 걸 싫어해. 그러니까 그에게 말만 잘하면 그는 네가 원하는 것을 들어 줄 거야. 한 가지 예를 들어 볼까? 만약 아홉 시가 돼서 공부를 시작해야 하는데 공부가 하기 싫으면 그에게 살짝 부탁을 하는 거야. 그럼 그는 눈 깜빡할 사이에 점심 시간을 가리키게 하거든!」

「그렇게만 된다면 얼마나 좋을까! 난 하루 종일 먹을 수 있을 게 아냐?」 토끼는 남에겐 안 들릴 정도로 작은 소리로 중얼거렸다.

「그렇게만 된다면 정말 멋지겠는데, 하지만……」 앨리스가 미심쩍은 투로 말했다.「그 시간엔 배가 고프지 않을 텐데. 어떡하지?」

「처음엔 배가 고프지 않겠지.」 해터가 방글거리며 말했다.「진짜 점심 시간이 될 때까지 시간을 붙잡아 두면 되니까 그때 밥을 먹는 거야.」

「너도 그렇게 하고 있니?」

해터는 고개를 저었다.

「난 안돼!」

안타까운 표정이었다.

「지난 3월에 싸웠거든. 바로 저 친구가 미치기 직전에 말야.」

해터는 이렇게 말하면서 찻숟갈로 토끼를 가리켰다.

「하트 나라의 여왕이 개최한 대음악회에서 노래를 하다 그렇게 됐어. 이런 노래를 했거든.」

반짝, 반짝, 작은 박쥐!
무얼 하며 날아가니……

「아마 너도 이 노래를 알 거야?」

「글쎄, 그 비슷한 노래는 들어본 적이 있지만.」

「계속해 볼까?」

해터가 계속했다. 「그 다음은 이렇거든.」

동쪽 하늘 저 먼 곳에

서쪽 하늘 저 먼 곳에

반짝 반짝 반짝……

잠든 도어마우스가 잠에서 덜 깬 채 끼어들었다.

「반짝, 반짝, 반짝, 반짝……」

그의 이 소리는 언제까지나 계속될 것 같아 그들이 꼬집어 그만두게

하였다.

「난 1절도 채 끝내지 못했는데.」

도어마우스가 입을 다물자 해터가 말했다. 「여왕이 마구 소리 지르

는 거야. '저 놈은 시간만 망치고 있어. 썩 꺼져버려!」

「어머나, 너무 야만적이야!」

앨리스는 자기도 모르게 소리를 질렀다.

「그리고 그 다음부터는,」

모자장이 해터가 서글픈 목소리로 말을 이었다. 「'시간'은 내가 부

탁하는 건 하나도 들어주지 않게 됐어. 그래서 그때부터 나에겐 항상

여섯 시야.」

그 말을 듣고 나자 앨리스는 퍼뜩 떠오르는 게 있었다.

「아, 그래서 여기에 찻잔이 이렇게 많이 있구나!?

「그래, 맞아.」

해터가 한숨을 쉬며 말했다. 「24시간 내내 차 마시는 시간이라 그릇을 닦을 새가 없어서 자꾸만 새 찻잔을 내놓는 거야.」

「그래서 둥근 탁자에서 이리저리 자리를 옮겨 앉는구나.」 사정을 알고 난 앨리스가 동정을 하며 말했다.

「바로 그래.」

해터는 또다시 한숨을 내쉬었다.

「언제나 변함없이 되풀이해야 해.」

「하지만 그렇게 자리를 옮겨 앉다보면 제자리로 돌아올 텐데. 그땐 어떻게 하니.」 앨리스가 용기를 내어 물었다.

「화제를 바꾸는 게 좋겠군.」

'3월의 토끼'가 하품을 늘어지게 하고 나서 그들의 대화를 방해하고 나섰다.

「이 이야기엔 이제 신물이 났어. 아가씨가 우리에게 재미있는 이야기를 해줘.」

「난 아는 게 없는데 어떡하지?」 앨리스가 갑작스러운 제의에 놀라 당황했다.

「그럼 도어마우스가 해줄 거야!」 두 짐승이 동시에 소리쳤다. 「도어마우스, 일어나!」

그리고는 양쪽에서 잠꾸러기 쥐를 꼬집어댔다.

잠자던 쥐가 슬그머니 눈을 떴다.

「난 자지 않았어.」

잠에서 덜 깬 불분명하고 늘어진 목소리였다. 「너희들이 하는 말 하나도 빼놓지 않고 다 들었어.」

「재미있는 이야기를 해 줘!」 미친 토끼가 졸랐다.

「그래, 부탁이야!」

앨리스가 구원군을 얻은 듯 거들었다.

「빨리 해!」

해터가 덧붙였다. 「그렇지 않으면 아주 잠들어 버릴 테니까!」

기가 질린 도어마우스가 급히 시작했다. 「옛날 옛날에 엘시, 레시, 틸리라는 이름의 세 자매가 우물 밑에서 살았어…….」

「그런 데서 뭘 먹고살았지?」

언제나 먹는 것과 마시는 것 등에 대해서 관심이 많은 앨리스가 물었다.

「당밀을 먹고 살았어.」

잠시 생각을 하고 난 도어마우스가 대답했다.

「그런 걸 먹으면 안 되는데.」 앨리스가 걱정스레 말했다.

「알겠지만 그런 걸 먹으면 탈이 나.」

「그래 맞아.」

도어마우스가 재빨리 받아 들였다. 「그래서 병에 걸리고 말았지.」

앨리스는 우물 밑에서의 생활이란 어떤 것일까 궁금했다.

그러나 먼저 떠오르는 것은 염려스러움이었다.

「왜 하필 우물 밑에서 살았지?」

「차를 좀더 마시지 그래.」

토끼가 앨리스에게 권했다. 이번엔 놀리는 게 아니라 진심으로 권하는 것이었다.

「지금까지 마신 게 하나도 없는데.」

앨리스가 상대방을 나무라는 어조로 말했다. 「어떻게 더 마시겠어.」

「네 말대로 아무 것도 안 먹었다면 덜 먹을 수 없는 일이지. 더 먹는 일은 손쉬운 일이야.」

「너한테 이야기한 게 아니니까 끼어들지 마!」 앨리스가 짜증스레 말했다.

「지금 이야기 도중에 끼어든 게 누구지?」 모자장이 해터가 더 화가 나서 말했다. 아까 앨리스에게서 핀잔을 받은 데 대한 반격이었다.

대꾸할 말이 궁색해진 앨리스는 하는 수 없이 차를 좀 마시고 버터 바른 빵을 먹고 나서, 잠꾸러기 쥐에게 다시 물었다.

「그들은 왜 우물 밑에서 살았지?」

도어마우스는 한참 생각에 잠기더니 대답했다.

「그 우물은 당밀이 솟아 나오는 우물이었어.」

「세상에 그런 게 어디 있어!」

앨리스는 말도 안되는 소리에 화가 나기 시작했지만, 모자장이 해터나 미친 토끼는 하나같이 그녀에게 조용히 하라는 것이었다. 그러자 잠꾸러기 쥐는 의기양양한 목소리로 앨리스를 몰아세웠다.

「만약 점잖게 듣지 않으려면 나머지 이야기는 네가 해!」

「아냐, 제발 계속해 줘!」

난처해진 앨리스가 사정했다. 「다시는 방해하지 않을게. 하지만 내가 아니라도 누군가 방해할 거야.」

「누가 방해할 거라고!」

쥐가 화를 벌컥 냈지만 그래도 다음 순간엔 만족한 표정으로 이야기를 이어 나갔다.

「그 세 자매는 그곳에서 그림 그리는 법을 배웠지……」

「뭘 그렸는데?」

조금 전의 약속을 까맣게 잊고 앨리스가 다시 물었다.

「당밀을 그렸지.」 도어마우스가 이번엔 망설이지 않고 즉시 대답했다.

「난 깨끗한 컵이 필요해.」

모자장이 해터가 불쑥 나섰다. 「모두 한 자리씩 옮기자고」

해터는 말을 하면서 벌써 옮겨가고 있었고 도어마우스가 그 뒤를 따랐다. 그렇게 되니 토끼는 도어마우스의 자리로 가야 했고, 앨리스는 내키진 않았지만 미친 토끼의 자리로 옮겨야 했다. 자리바꿈으로 해서 이득을 얻은 건 모자장이 해터뿐이었고, 특히 앨리스는 가장 나빴다. 울며 겨자 먹기 식으로 미친 토끼가 잔뜩 어지럽혀 놓은 자리로 가야 했기 때문이었다.

다시 도어마우스가 화내는 것을 원하지 않았기 때문에 앨리스는 아주 조심스럽게 입을 열었다.

「이해가 안돼. 도대체 그들이 어디에서 당밀을 그린 거야?」

「이런 바보 같으니라고. 물 밖에서 물을 그릴 수 있는 것처럼 당밀 우물 밖에서도 당밀을 그릴 수 있잖아! 알겠어?」

「하지만 그들은 우물 속에서 살았다며.」

앨리스는 해터와 다투기 싫어 도어마우스에게 말했다.

「물론 우물 속에서 살았지.」

이 대답에 불쌍한 앨리스는 어리둥절하게 되었다. 앨리스는 하는 수 없이 도어마우스의 다음 말을 들어보는 수밖에 없었다.

잠꾸러기 도어마우스는 다시 졸려서 못 견디겠다는 듯 연방 하품을 해대고 눈을 비벼가며 이야기를 계속했다.

「어찌 됐든 그들은 그림 그리는 법을 배우고 있었어……그래서 그들은 M자로 시작하는 건 뭐든지 그려댔지…….」

「왜 하필 M자로 시작하는 걸 그렸지?」

「왜냐고? 그러면 안 된다는 법이라도 있어?」 '3월의 토끼' 가 짜증스레 반문했다.

앨리스는 잠자코 있기로 했다.

잠꾸러기 쥐는 어느새 눈을 완전히 감고 꾸벅꾸벅 졸다가 모자장이 해터가 꼬집는 바람에, 깜짝 놀라 깨어나서는 몸을 부르르 떨고 나서 이야기를 계속 했다.

「그래서 M자로 시작하는 것―예를 들면 쥐덫(mouse traps), 달(the moon), 추억(memory) 따위를 그렸지. 너 그림으로 그린 추억을 본 적이 있어?」

「어머나, 이제 나에게 묻기까지 하는구나!」 질문을 받은 앨리스는 어리둥절했다. 「난 그런 그림을 본 적이 없어. 있을 리도 없으니까.」

「그렇다면 넌 이 대화에 낄 자격이 없어!」

해터가 그녀의 말을 가로막았다.

그들의 무례한 행동을 참고 또 참던 앨리스는 더 이상 참지 못하고 자리에서 벌떡 일어섰다. 그녀는 그대로 자리를 떠나 걸어가기 시작했다. 이러는 사이에 잠꾸러기 도어마우스는 세상 모르고 자고 있었고, 나머지 두 동물은 그녀가 자리에서 떠나는 걸 모르는 것 같았다. 앨리스는 멀어져 가면서도 붙잡아 주길 은근히 기대하면서 두어 번 뒤돌아

봤지만 그런 그들이 그녀를 불러줄 리가 없었다. 마지막으로 돌아봤을 때, 그들은 도어마우스를 차 주전자에 처넣으려고 낑낑대고 있었다.

「무슨 일이 있어도 이곳에 두 번 다시 오지 않을 거야.」숲속으로 들어가며 앨리스는 자신에게 다짐하듯 말했다. 「내가 이제껏 참석해 본 차 파티 중에서 이런 바보 같은 파티는 처음이야!」

이렇게 말하는 바로 그 순간 그녀는 속으로 들어갈 수 있는 문이 달린 나무를 발견할 수 있었다.

「세상에 별 이상한 나무도 다 있군!」

앨리스는 호기심이 잔뜩 생겼다.

「하지만 오늘은 모든 일이 다 이상하니까! 당장 들어가 봐야겠어!」

그리고는 망설이지 않고 문을 열어 나무 속으로 들어섰다.

그녀는 다시 한번 길고 커다란 홀에 들어와 있는 자신을 발견할 수 있었다. 그 두꺼운 유리 테이블도 그대로 있었다. 「그래, 이번에는 실수가 없게 제대로 해봐야지.」

이렇게 말한 그녀는 여전히 테이블 위에 놓여 있는 조그만 황금 열쇠를 집어들고 정원으로 나가게 되어 있는 커튼 뒤의 자그마한 문을 열었다. 그리고는 키가 30센티쯤 될 때까지 버섯살을 조금씩 뜯어먹었다. 다행히 아직까지도 버섯살을 주머니에 한 조각 남겨 놓았었다.

이제 힘든 건 아무 것도 없었다. 그녀는 문을 열고 좁고 낮은 통로를 거침없이 지나 마침내 산뜻한 꽃내음이 나는 화원과 분수로 가득 찬 아름다운 정원에 도착할 수 있었다.

여왕의 크로켓 경기장

정원 입구에는 커다란 장미나무에 하얀 장미가 눈이 부실 정도로 어우러져 피어 있었다. 그런데 이상한 일은 세 명의 정원사가 그 하얀 장미를 부지런히 붉은 페인트로 칠하고 있는 것이었다.

또다시 호기심이 일어난 앨리스가 그들에게로 가까이 다가가자 그들의 두런거리는 소리가 들려왔다.

「이거 봐, 다섯! 페인트를 나한테 튀기면 어떡해!」

「일부러 그런 게 아냐.」 '다섯' 이라고 불린 정원사가 볼이 부은 목소리로 대꾸했다. 「일곱이 내 팔꿈치를 쳤단 말이야.」

그러자 그보다 아래에 있던 일곱이라는 정원사가 그를 올려다보며 소리쳤다.

「그래, 좋아. 다섯, 넌 다 좋은데 항상 남에게 책임을 떠넘기는 게 나빠!」

「넌 입 닥치고 있는 게 좋아!」 다섯이 일곱을 찍어 누르듯 소리쳤다.

「여왕님께서 바로 어제 너 같은 놈은 목을 베어야 마땅하다고 하시는 소릴 들었어!」

「무엇 때문에?」

맨 처음 말한 정원사의 목소리였다.

「이거 봐, 둘, 너와는 상관없는 일이니까 나서지 마.」

일곱이 둘에게 말했다.

「그래, 그건 이 친구 일이야.」

다섯이 나섰다.

「내가 말해주지. 요리사에게 양파를 가져다 줘야 하는데 튜울립 뿌리를 갖다 줬기 때문이야.」

그 말을 들은 일곱이 들고 있던 페인트 솔을 던져 버리고 이야기를 시작했다.

「모든 것이 부당해…….」

그러나 자기들을 바라보고 있는 앨리스의 모습을 발견하자 그는 얼른 입을 다물었다. 그의 동료들도 그녀를 바라보고는 모두 하나같이 그녀에게 고개 숙여 인사를 했다.

「괜찮다면 대답해 주겠어요?」

앨리스는 조심스럽게 말을 건넸다.

「왜 장미에다 빨간색을 칠하죠?」

다섯과 일곱은 대답하지 않고 둘만 바라보고 있었다. 그러자 둘이 누가 들을세라 소리를 죽여 대답했다.

「왜냐하면, 아가씨. 여기에는 붉은 장미가 피는 장미나무를 심어야 하는데 우리가 실수로 하얀 장미나무를 심었거든요. 만약 여왕님께서 이걸 아시는 날엔 우리는 당장 목이 날아가요. 그래서 들키기 전에 최선을 다해⋯⋯.」

바로 이때 불안한 눈길로 주위를 살피고 있던 다섯이 소리쳤다.

「여왕님이시다! 여왕님이시다!」

이 소리를 듣는 순간 세 정원사는 모두 얼굴을 땅바닥에 대고 납작 엎드렸다. 여러 사람들이 저벅거리며 다가오는 소리가 들려 앨리스는 여왕을 보기 위해 주위를 살폈다.

맨 처음 나타난 것은 크로켓용 글러브를 손에 든 열 명의 병사들이었다. 그들은 정원사들처럼 하나같이 길고 넓적한 직사각형 같은 모습이었으며, 네 귀퉁이에 팔과 다리가 달려 있었다. 그 뒤를 따라 열 명의 신하가 나타났다. 병사들처럼 둘씩 둘씩 짝을 지어 나란히 걷고 있는 그들은 온몸을 다이아몬드 장식으로 꾸미고 있었다. 그들 뒤를 이어 열 명의 시동이 나타났다. 귀여운 모습의 그 아이들은 둘씩 손을 마주잡고 즐겁게 뛰고 있었으며 모두들 하트형의 장식을 달고 있었다.

다음에 나타난 것은 초대받은 손님들로, 대부분의 왕들이 여왕들이었다. 그들 사이에서 낯익은 모습을 발견했다. 바로 '하얀 토끼'였다. 토끼는 억지로 미소를 지은 채 불안하고 서두르는 기색으로 지껄이며 그녀를 알아보지 못하고 지나쳤다. 그 뒤를 진홍색 벨벳 쿠션 위에 왕관을 받쳐든 하트 나라의 시종무관이 따랐고, 이 긴 행렬의 마지막으로 하트 나라의 여왕과 왕이 모습을 나타냈다.

이때 앨리스는 잠시 갈팡질팡하지 않을 수 없었다. 정원사들처럼 땅바닥에 넙죽 엎드려야 할지 어쩔지 몰라서였다. 그러나 여왕의 행렬을 만났을 때 엎드려야 한다는 법이 있다는 소릴 들은 기억은 없었다.

'모두 다 엎드려 버린다면 아무도 행렬을 볼 수가 없잖아.'

앨리스는 의아스런 생각이 들었다. '아무도 볼 수 없다면 행차를 할 필요가 없잖아!'

그래서 앨리스는 그대로 선 채 행렬이 지나가기를 기다렸다.

앨리스의 모습을 발견한 행렬은 그 자리에 멈춰 섰고 여왕은 엄격한 어조로 물었다.

「이 아이는 누구냐?」

여왕은 시종무관에게 물었으나 그는 머리를 조아리고 있을 뿐 아무 말도 하지 못했다.

「바보 같은 놈!」 여왕은 화가 치미는 듯 소리치고는 앨리스에게로 돌아서서 물었다. 「아이야, 네 이름이 뭐냐?」

「제 이름은 앨리스입니다. 여왕 폐하.」

앨리스는 공손하게 대답하면서도 속으론 이런 생각을 하고 있었다.

'아무리 큰 소릴 쳐봐야 한낱 트럼프의 카드일 뿐이니까 두려워할 것 없어.'

「그리고 이것들은 뭐냐?」

여왕이 장미나무 주위에 엎드려 있는 세 명의 정원사를 가리키며 다시 물었다. 왜냐하면 땅바닥에 얼굴을 대고 납작하게 엎드려 있는 그들의 뒷모습만으로는 그들이 정원사들인지 병사들인지 신하들인지, 아니면 그녀의 세 아이들인지조차도 구별이 되지 않았기 때문이다.

「제가 그걸 어떻게 알겠습니까?」

이렇게 말하면서 앨리스는 자신의 용기에 놀랐다.

「저와는 상관없는 일이에요.」

그 말을 듣고 격분하여 얼굴이 시뻘개진 여왕은 잠시 앨리스를 노려보다가 마침내 성난 맹수처럼 악을 쓰기 시작했다.

「당장 이것의 목을 베! 목을 베란 말이다…….」

「안돼요! 어리석은 짓이에요!」

앨리스가 너무도 크고 당당하게 소리치자 여왕은 순간 멈칫했다.

그러자 칼의 손잡이에 손을 얹은 왕이 겁먹은 목소리로 여왕에게 말했다.

「너그럽게 봐 주시구려. 아직 어린아이잖아요.」

여왕은 화가 치밀었으나 하는 수 없다는 듯 왕으로부터 몸을 돌려 시종무관에게 명했다.

「저것들을 잡아 젖혀라.」

시종무관이 한 발로 매우 조심스럽게 그들을 차례차례 뒤집어 놓았다.

「일어나!」

여왕의 서릿발 같은 명령이 떨어지자, 정원사들은 불에라도 덴 듯 벌떡 일어나 여왕, 왕, 신하들을 비롯한 모든 사람들에게 꾸벅꾸벅 절을 해대기 시작했다.

「그만두지 못해!」

여왕이 다시 소리쳤다. 「네 놈들 때문에 어지러워.」

그리고는 장미나무 쪽을 바라보며 물었다.

「여기서 무슨 짓들을 하고 있었지?」

「여왕 폐하, 용서해 주십시오」

정원사 중의 둘이 무릎을 꿇으며 떨리는 목소리로 아뢰었다. 「우리는 최선을 다해…….」

「알 만하구나.」

그 사이 장미나무를 자세히 살펴보고 있던 여왕이 다시 날카롭게 소리쳤다.

「저것들의 목을 베라!」

명령이 떨어지자 병사 세 명이 그들의 목을 베기 위해서 나섰고, 불쌍한 정원사들은 혼비백산하여 앨리스의 뒤로 몸을 숨겼다.

「목을 베게 할 수는 없어.」

앨리스는 이렇게 소리치며 정원사들을 가까이에 있는 커다란 화분 속에 숨겨 주었다. 그런 줄도 모르고 한참 그들을 찾던 병사들은 마침내 포기한 듯 제자리로 돌아갔다.

어느새 행렬은 다시 서서히 움직이고 있었다. 병사들이 돌아오는 것을 본 여왕이 소리쳐 물었다.

「목을 베었느냐?」

「분부대로 거행했습니다. 여왕 폐하!」

병사들이 소리 높여 대답했다.

「좋아!」

이렇게 대답하고 난 여왕이 다시 물었다. 「크로켓을 할 줄 아느냐?」

병사들이 대답을 하지 않고 앨리스를 바라보는 것으로 보아, 여왕이 자기에게 묻고 있다는 것을 앨리스는 깨달을 수 있었다.

「네, 여왕 폐하!」

제법 거리가 떨어져 있어 앨리스도 소리쳐 대답했다.

「그럼, 따라오너라.」

여왕의 명령에 앨리스는 이제 무슨 일이 생길까 궁금해하면서 행렬의 틈에 끼어들었다.

「날씨가 아주 좋은데.」

누군가 그녀에게 머뭇거리며 말을 걸어왔다. 바로 하얀 토끼였다. 토끼는 불안한 표정으로 그녀를 바라보고 있었다.

「아주 좋구나.」 앨리스도 반갑게 대답했다. 「공작 부인은 어디 계시니?」

「쉬! 조용히 해!」

하얀 토끼는 소리를 죽여 황급히 말하고는 불안한 눈길로 주위를 살피고 나서는 발꿈치를 들고 서서 그녀의 귀에 대고 속삭였다.

「사형을 선고받았어.」

「무슨 일로?」

앨리스가 묻자 토끼가 눈을 동그랗게 떴다.

「'안됐구나' 라고 했니?」

「아냐, 그러지 않았어. '무슨 일로?' 라고 물었어.」

「공작 부인이 여왕의 뺨을 때렸거든…….」

토끼가 이야기를 시작하자 앨리스가 깔깔대며 웃었다.

「그만두지 못해!」 토끼가 겁먹은 목소리로 속삭였다.

「여왕이 들으면 어쩌려고 그래?」

「모두 제자리로!」

바로 그때 여왕의 호령이 떨어졌다. 어느덧 경기장에 다다랐던 것이다. 행렬 속에 있던 사람들이 명령에 따라 모두 앞을 다투어 각기 제 위치로 달려가느라고 서로 부딪히고 엉키고 하여 순식간에 수라장을 이루고 있었다. 그래도 몇 분이 채 지나지 않아 모두들 제 자리를 찾아 갔고 즉시 경기가 시작되었다.

앨리스는 지금까지 이렇게 기묘한 크로켓 경기는 한번도 본 적이 없었다.

한마디로 끔찍한 크로켓 경기였다. 크로켓 공은 살아 있는 고슴도치였고, 방망이 역시 살아 있는 홍학이었으며, 병정들은 몸을 굽혀 손과 발로 땅을 짚고 아치를 만들어야 했다.

가장 어려운 일은 방망이인 홍학을 다루는 일이었다. 걸핏하면 도망치는 것을 잡아 겨드랑이에 끼고 길다란 목을 펴, 머리로 공인 고슴도치를 칠라치면 고개를 비틀어서 우스꽝스런 표정으로 그녀의 얼굴을 빤히 바라보는 통에 앨리스는 번번이 웃음을 터뜨리지 않을 수 없었다. 그러다 겨우 머리를 되돌려 놓고 보면 이번엔 고슴도치가 어디론가 달아나 버리고 또 그걸 가까스로 잡아다 치려 하면 아치를 이루고 있던 병사들이 다른 곳으로 가버려 보이지 않는 것이었다. 앨리스는 이 게임이야말로 기묘하기도 하지만 정말 힘든 경기라는 결론을 내릴 수밖에 없었다.

그런데도 경기장은 정신이 없을 정도로 소란스러웠다. 모든 참가 선수들이 순서도 없이 한꺼번에 나서는 바람에 서로가 고슴도치를 차지하기 위해, 악을 써대고 주먹다짐을 하고 뒤엉켜 싸우는 일대 수라장을 이루고 있었다. 이 꼴을 보고 있던 여왕은 화가 나서 악을 써댔다.

「저 놈의 목을 베라!」

「저 계집의 목을 베라!」

거의 일 분에 한 번 꼴로 여왕의 입에서는 끔찍한 명령이 떨어지고 있었다.

앨리스는 점점 불안해지기 시작했다. 아직은 여왕의 심기를 건드리지는 않았지만 언제 어느 때 무슨 불벼락이 떨어질지 모를 일이었다.

'그렇게 된다면.'

앨리스는 으스스해져 몸을 떨었다.

'난 어떻게 되는 거지? 여하튼 여기에 있는 것들은 목을 베는 걸 끔찍이도 좋아하나 봐. 그렇게 죽여 대는 데도 그대로 살아남아 있는 것들이 많으니 정말 알다가도 모를 일이야!

앨리스는 도망쳐 나갈 궁리를 했다. 그러나 누구의 눈에도 띄지 않고 슬그머니 빠져나가기는 좀처럼 쉬울 것 같지 않았다. 그런데 사방을 살피던 그녀는 공중에 떠 있는 이상한 물체를 발견할 수 있었다. 처음엔 무언지 몰랐던 그녀는 다음 순간 그것이 미소를 짓고 있는 것을 발견하고는 안심할 수 있었다. '체셔 고양이구나! 이제 이야기할 상대가 생겼어.'

이렇게 생각하고 있을 때 고양이의 목소리가 들려왔다.

「어때? 크로켓 재미있어?」

바라보니 놀랍게도 말을 하고 있는 고양이의 입만 보일 뿐 나머진 아무 것도 보이지 않았다.

앨리스는 고양이의 눈이 나타날 때까지 기다렸다가 고개를 끄덕여 주며 생각했다.

'아직 귀가 나타나지 않았으니 말해 봐야 소용없을 거야. 둘 중에 하나라도 나타날 때까지 기다려야 해.'

잠시 후 고양이의 얼굴이 모두 나타났다. 앨리스는 이야기 상대가

생긴 게 너무 기뻐서 안고 있던 홍학을 내려 놓고 크로켓 경기 이야기를 시작했다. 머리를 드러낸 고양이는 그 정도면 충분하다는 듯 더 이상의 모습을 나타내지 않을 생각인 것 같았다.

「저 경기는 순 엉터리야.」앨리스가 못마땅한 어조로 말하기 시작했다. 「서로 알아듣지도 못하면서 지독하게 싸우고 있어. 그리고 아무런 규칙도 없나 봐. 만약 있다고 해도 아무도 지키지 않는데 무슨 소용이 겠어. 그리고 살아 있는 동물로 크로켓 경기를 한다는 게 얼마나 힘든지는 직접 해보기 전에는 상상도 못할 거야. 공 노릇을 하는 고슴도치는 제멋대로 도망치지, 아치를 만들고 있어야 할 병사들은 걸핏하면 어디로 갔는지 보이지도 않지. 방망이인 홍학은 홍학대로 말을 안 듣지. 한마디로 경기는 여왕이 하는 것처럼 엉망진창이야!」

「여왕은 마음에 드니?」 고양이가 나지막한 목소리로 물었다.

「천만에.」

앨리스는 도리질을 했다.

「그 여자는 거의 미친 것 같이……」

바로 그때 여왕이 그녀 뒤에 바짝 다가와 이야기를 듣고 있다는 걸 깨달은 앨리스는 재빨리 말을 바꿔 계속했다.

「……이기려고 하고 있어. 그러니까 그 어려운 경기도 할 만한 거지.」

이야기를 듣고 난 여왕은 미소를 지으며 그녀의 곁을 지나갔다.

「도대체 누구에게 이야기를 하는 거야?」

왕이 다가오며 묻다가 공중에 떠있는 고양이의 얼굴을 발견하고는 기겁을 했다.

「소개해 드리겠어요.」 앨리스가 조심스럽게 말했다.

「제 친구 체셔 고양이에요.」

「생긴 게 영 마음에 안 드는구나.」 왕이 고양이를 힐끗거리며 말했다. 「하지만 원한다면 내 손에 키스해도 좋아.」

「그럴 생각 없소.」 고양이는 한마디로 딱 잘라 말했다.

「건방지게 굴지 마!」

그러나 이렇게 말하는 왕의 목소리는 날카롭지 못했다. 「그리고 그런 눈으로 날 쳐다보지 마!」

왕은 이렇게 말하면서 앨리스의 뒤로 슬금슬금 몸을 숨겼다.

「고양이에게도 왕을 바라볼 자유가 있대요.」 앨리스가 나섰다. 「어느 책에서인지는 잊었지만 읽은 기억이 나요.」

「어쨌든 기분 나빠! 치워 버려야 해!」

왕은 단호하게 말하고 마침 다시 다가오는 여왕을 불렀다.

「여보, 저 건방진 고양이를 치워 주었으면 좋겠소.」

여왕의 해결 방법은 들으나마나였다.

「당장 목을 베!」

여왕은 주위를 돌아보지도 않은 채 누구에게라고 할 것도 없이 명령을 내렸다.

「내가 망나니를 직접 데려오지.」

왕이 신이 나서 말하고는 달려갔다.

앨리스는 차라리 흥분에 들뜬 여왕의 목소리가 잘 들리지 않는 경기장으로 돌아가 게임을 구경하는 게 좋지 않을까 하고 생각했다. 게임에서 실수했다는 이유로 여왕의 명령에 의해 선수 중의 세 명이나 처형을 당하는 걸 목격했기 때문에, 이제 그런 상황은 더 이상 보기 싫었던 것이다.

그녀가 경기장에 들어가 보니, 마침 고슴도치 두 마리가 서로 엉켜붙어 싸우고 있었다. 치기에 안성맞춤인 기회였다. 둘 중의 하나는 맞을 것이기 때문이었다. 그러나 막상 치려 했을 때는 방망이인 홍학의 모습이 보이지 않았다. 한동안 두리번거린 후에야 경기장 건너편 나무 위로 날아가는 홍학을 찾아낼 수 있었다.

그녀가 겨우 홍학을 잡아 돌아왔을 때는 이미 싸움은 끝나 고슴도치들의 모습이 사라져 버린 후였다.

「하는 수 없지 뭐.」

앨리스는 한숨을 내쉬면서도 자신을 달랬다. 「어차피 병사들도 없는데.」

하는 수 없이 앨리스는 잡아 온 홍학이 도망치지 못하도록 겨드랑이에 바짝 껴안고는 이야기를 좀더 하려고 친구에게로 돌아갔다.

그녀가 나타나자마자 문제를 해결해 달래는 듯 그녀에게 악을 써대기 시작했다. 그녀가 오기 전에 서로 한동안 입씨름을 벌이고 있었는지 모두 흥분해서 한꺼번에 떠들어대는 바람에 제대로 알아듣기조차 힘들 정도였다.

망나니 병사가 떠드는 내용은 이러했다. 고양이가 머리만 있고 몸통이 없으니 자기는 목을 벨 수 없다는 것이었다. 이런 경우는 그의 생전에 처음 당하는 일이라면서 모든 책임이 앨리스에게 있다는 듯 악을 써대고 있었던 것이다.

그러나 왕의 주장은 달랐다. 세상에 머리가 붙어 있는 생물은 어느 것이나 목을 벨 수 있는데 무슨 억지 소리를 하느냐는 것이었다.

여왕이 소리치는 내용은 더욱 끔찍했다. 당장 고양이의 목을 베지 않으면 주위의 모든 자들의 목을 베어 버리겠다는 것이었다. 여왕의 이 마지막 호통으로 인해 주위는 무덤 속처럼 무거운 침묵과 불안이 감돌았다.

앨리스로서도 무어라 해야 할지 몰라 잠시 생각한 후 겨우 이렇게 대답했다.

「저 고양이는 공작 부인의 것이니까 그분에게 물어보는 게 좋겠어요.」

「그 계집은 감옥에 있어!」

이렇게 소리친 여왕이 망나니에게 명령을 내렸다.

「당장 가서 끌고 와!」

명을 받은 망나니는 시위를 떠난 화살처럼 쏜살같이 달려가기 시작했다.

망나니가 멀어지자 고양이의 머리가 서서히 사라지기 시작하더니, 마침내 공작 부인을 끌고 돌아왔을 때는 이미 흔적도 없이 사라져 버리고 있었다.

그러자 당황한 왕과 망나니가 고양이의 머리를 찾으러 미친 듯이 이리저리 뛰어다니고 있는 사이에 나머지 일행은 다시 그 기묘한 크로켓 경기를 계속하기 위해 경기장으로 돌아가 버렸다.

못생긴 자라의 이야기

「요 귀여운 것아, 다시 만나게 돼서 얼마나 기쁜지 넌 짐작도 못할 거야!」

공작 부인이 다정스럽게 그녀를 껴안으며 말했다. 잠시 후 그들은 함께 그 미치광이들이 아우성 치며 뛰노는 크로켓 경기장을 떠났다.

앨리스는 공작 부인이 전과는 달리 다정하게 대해 주는 것이 기뻤다. 처음 식당에서 그녀를 만났을 때 그렇게 거칠게 행동했던 것은 아마 매운 후춧가루 때문이었을 것이라는 생각이 들었다. '내가 공작 부인이 된다면,' 앨리스는 속으로 생각했다(그러나 그것을 그다지 바라고 있는 것 같지는 않았다). '부엌에 후춧가루를 두지 않을 거야. 수프에도 후춧가루를 안 넣는 게 훨씬 맛있거든. 어쩌면 후춧가루는 사람을 과격하게 만드는 성분이 있나봐.'

이렇게 생각하던 앨리스는 새로운 사실을 발견해 낸 걸 기뻐하면서 다시 생각에 잠겼다.

'식초는 사람을 시게 만들고, 소금은 짜게 만들고, 꿀이나 사탕은 아이들의 성격을 부드럽고 달콤하게 만들 거야. 모든 사람들이 이런 사실을 안다면 세상이 훨씬 여유로워질 텐데⋯⋯.'

생각에 잠긴 그녀는 공작 부인이 옆에 있다는 걸 깜빡 잊고 있었으므로 귓가에 공작 부인의 목소리가 들려오자 앨리스는 조금 놀랐다.

「귀여운 아이야. 얘길 안 하는 걸 보니 딴 생각을 하고 있었지. 확실한 내용은 기억하지 못하지만 그러면 안 된다는 법칙이 있단다.」

「그런 법칙이 어딨어요?」 앨리스가 용기를 내어 반박했다.

「무슨 소리를 하는 거냐, 아이야?」 공작 부인이 혀를 찼다. 「세상의 모든 일에는 법칙이 있는 법이란다. 우리가 모르고 있을 뿐이지.」 그녀는 이렇게 말하며 앨리스의 옆으로 바짝 다가왔다.

앨리스는 그녀가 바짝 다가오는 것이 그다지 달갑지 않았다. 첫째는 공작 부인이 아주 못생겼고, 둘째는 그녀의 키가 자기의 어깨에 턱이 닿을 정도였는데 그 턱이 뾰족해서 아팠기 때문이었다. 그래도 앨리스는 상대방에서 무안을 주지 않기 위해 참을 수 있는 데까지는 참기로 했다.

앨리스가 크로켓 경기장을 돌아보았다. 멀리서 보니 제법 그럴 듯하게 보였다.

「이제 경기가 좀 나아진 것 같군요.」

대화를 계속하기 위해 앨리스가 입을 열었다.

「그렇구나.」 하지만 공작 부인의 관심은 그것이 아니었다. 「그건 이런 법칙에 의한 거야. '사랑은 이 세상을 아름답게 만든다.'」

「누가 이런 소릴 했죠?」 앨리스가 반박하듯 말했다. 「모두 자기가 맡은 일에만 충실하면 아무 문제가 없다고요.」

「그래. 그것도 마찬가지 이야기야!」 공작 부인은 뾰족한 턱으로 앨리스의 어깨를 눌러대며 덧붙여 말했다. 「이런 말도 있어. '호랑이에게 물려가도 정신만 차리면 아무 일도 없다.' 결국 같은 뜻이야.」

'어쩜, 저리도 잘 둘러댈까?

앨리스가 내심 감탄하고 있을 때 공작 부인이 말을 이었다.

「내가 왜 네 허리에 팔을 두르지 않는지 궁금하겠지?」

앨리스가 아무 말도 안 하자 그녀는 다시 말했다.

「이유는 너의 홍학 때문이야. 한번 모험을 해볼까?」

「물지도 몰라요.」

앨리스는 그녀가 제발 모험을 하지 않길 빌면서 조심스럽게 대답했다.

「정말 그럴 것 같구나.」 공작 부인이 맞장구를 치듯이 말했다.

「홍학이나 겨자는 모두 물거든. 그런 건 이렇게 말하는 거야. '초록은 동색이다' 라고.」

「하지만 겨자는 새가 아녜요.」 앨리스가 눈치를 보며 반박했다.

「그래, 네 말이 맞아.」

공작 부인이 다시 고개를 끄덕였다.

「그럼 겨자는 무슨 성분일까?」

「광물성일 거예요.」

앨리스는 자신이 없었으나 망설이지 않고 대답했다.

「물론 그럴 테지.」

이제 공작 부인은 앨리스가 무슨 말을 해도 옳다고 할 것 같았다.

「이 근처에 겨자가 많이 나는 광산이 있지. 그런 데는 이런 속담이 어울릴 거야. '광산이 많으면 많을수록 너의 것은 줄어든다.'」

「아, 이제 알았어요.」 앨리스는 조금 전에 자기가 한 말이 틀렸다는 것을 깨달았다. 「겨자는 채소예요. 그렇게 보이지 않지만 사실은 채소예요.」

「네 말이 전적으로 옳아.」 공작 부인은 이번에도 그녀의 말을 받았다. 「그럴 때는 이런 속담이 어울릴 거야. '되고 싶다고 생각하는 것이 되어라.' 더 간단히 말하자면 '남이 보는 나와 나 자신이 다르지 않다고 상상하는 것이다. 언젠가의 나도 또 보이지 않는 먼 훗날의 나도 다른 것이 될 수 없기 때문이다.' 라는 뜻이지.」

「무슨 말인지 알아들을 수 있으면 좋겠군요.」 어리벙벙해 있던 앨리스가 공손하게 말했다. 「글로 써 주신다면 모르겠지만 그렇게 말씀으로 하시는 건 도저히 못 알아듣겠어요.」

「사실은 멋대로 지껄인 거니까 아무 것도 아냐.」 공작 부인은 앨리스의 표정이 재미있다는 듯이 키득거리며 말했다.

「앞으로는 그렇게 길게 말씀하시느라고 고생하시는 일이 없도록 빌겠어요.」

「아. 그건 걱정하지 않아도 돼!」

공작 부인이 천만의 말이라는 듯 손을 내저었다.

「지금까지 이야기한 것은 모두 네게 주는 내 선물이야.」

'별 선물도 다 있군!'

앨리스는 어처구니없다는 생각이 들었다.

'생일 선물로 그 따위 것을 주지는 않았으면 좋겠군, 제발!'

그녀는 이런 생각을 하면서도 그것을 입밖에 낼 용기는 없었다.

「또 뭘 생각하고 있구나!」

공작 부인이 다시 날카로운 턱으로 어깨를 눌러대며 나무라듯 말했다.

「저에게도 생각할 권리가 있어요!」

앨리스는 좀 성가신 생각이 들어 자신도 모르게 날카로운 목소리로 말했다. 「물론 당연한 말이지.」 공작 부인이 신경질적으로 말했다. 「돼지에게도 하늘을 날 수 있는 권리가 있으니까. 그런 데는 이런 속담이……!」

공작 부인이 갑자기 입을 다물자 앨리스는 놀라지 않을 수 없었다. 무슨 일로 그렇게 좋아하는 속담을 말하려다가 그만두는 것일까? 그 뿐인가. 자기를 잡고 있던 공작 부인의 팔이 덜덜 떨리고 있지 않은가!

놀란 앨리스는 공작 부인의 시선을 따라 앞을 보니 아, 그곳에는 무엇이 못마땅한지 얼굴을 잔뜩 찌푸린 여왕이 팔짱을 낀 채 버티고 서 있었다.

「폐하, 안녕하십니까?」

공작 부인이 다 죽어 가는 목소리로 겨우 말했다.

「좋아, 이번엔 분명한 명령을 내리겠다!」

여왕이 발로 땅을 구르며 소리쳤다.

「네 목숨과 목, 둘 중에 한 가지를 베겠다. 어떤 걸 택하겠느냐?」

피할 수 없는 명령이라 전자를 택했다. 공작 부인은 순식간에 흔적도 없이 사라져 버렸다. 「자, 우린 경기장으로 가자.」 여왕이 앨리스에게 말했다.

바로 눈앞에서 벌어진 사실에 잔뜩 겁에 질린 앨리스는 말 한마디 못하고 여왕의 뒤를 따라 크로켓 경기장으로 되돌아갔다.

여왕이 자리를 비운 틈을 타 그늘에서 쉬고 있던 경기장의 손님들은 여왕의 모습이 나타나자마자 재빨리 경기를 시작했다. 그러나 여왕은 그들의 목숨이 위태로울 뻔한 잠깐의 휴식을 눈치채지 못하고 있는 것 같았다.

경기는 여전히 우왕좌왕 아우성이 그치지 않았고, 「저 놈의 목을 베어라!」,「저 계집의 목을 쳐라!」하는 여왕의 고함소리도 계속되었다.
여왕의 명령이 떨어지면 죄인을 처형하기 위해 아치를 만들고 있던 병
사들이 하나씩 둘씩 자리를 떠나는 바람에 30분쯤 지나자 운동장은 텅
비게 되고 말았다.

그러자 여왕은 고함치기를 멈추고 거친 숨을 몰아쉬며 앨리스에게
물었다.

「못생긴 자라를 본 적이 있느냐?」

「아니오.」앨리스는 두려운 생각이 들어 조심스럽게 대답했다.「자
라가 뭔지도 모르는 걸요.」

「자라 수프를 만드는 재료지.」

「본 적도 들은 적도 없어요.」

「그럼 따라 오너라.」여왕이 앞장서서 말했다.「그가 너에게 자기 이
야기를 해줄 게다.」

여왕과 함께 그곳을 떠나려던 앨리스는 왕이 죄수들에게 나지막한
소리로 말하는 걸 들을 수 있었다.

「너희 모두를 용서한다.」

'정말 잘된 일이야!

여왕에게 사형을 선고받은 자들이 불쌍해 못 견딜 지경이던 앨리스
는 속으로 쾌재를 부르며 안도의 한숨을 내쉬었다.

여왕과 앨리스는 얼마 가지 않아 햇볕 속에 잠들어 있는 그리핀(그
리핀은 머리와 날개는 독수리이고 몸통은 사자인 이상한 동물─옮긴

이)옆에 이를 수 있었다. (그리핀을 모르겠거든 그림을 보라.)

「일어나, 게으름뱅이 짐승아!」 여왕이 소리쳤다. 「이 아이를 자라에게 데리고 가서 자라가 살아 온 이야기를 듣게 해 줘라. 난 돌아가서 명령한 대로 처형을 했는지 봐야 하니까.」

여왕은 앨리스를 그 괴상한 동물 옆에 홀로 두고 사라져 버렸다. 앨리스는 그 동물의 생김새가 전혀 마음에 들지 않았지만, 그 야만적인 여왕을 따라가는 것보다는 그 동물 옆에 남아 있는 게 훨씬 안전할 것 같아서 머물러 있었다.

졸린 눈을 비비며 일어나 앉은 그리핀은 여왕의 모습이 완전히 사라질 때까지 바라본 다음에 혀를 찼다. 「참 우스워서……」

「뭐가 우스운 거지?」 그리핀이 중얼거리는 게 이상해서 앨리스가 물었다.

「몰라서 물어? 여왕 말이야.」 그리핀이 퉁명스럽게 말했다. 「모든 게 자신만의 환상일 뿐이야. 처형 같은 건 있지도 않아.」

앨리스로서는 금방 납득이 가지 않았으나 뒤따라 말했다.

「그렇게 많은 사형 선고를 내리는 건 꿈에도 본 적이 없어!」

앨리스와 그리핀은 얼마 가지 않아 멀리 바위 위에 홀로 쓸쓸하게 앉아 있는 못난 자라를 발견할 수 있었다. 가까이 다가가자 가슴이 무너져라 한숨을 내쉬는 소리가 들렸다. 그러는 자라가 안쓰러운 생각이 들어 그리핀에게 물었다.

「왜 저렇게 슬퍼하는 거지?」

앨리스가 묻자 그리핀은 조금 전이나 거의 마찬가지 어조로 비꼬는 듯 말했다. 「그것도 모두 자신만의 환상일 뿐이야. 슬픈 건 아무 것도 없어. 알겠어?」

'알겠어라는 소리는 픽도 하는군.'

그들이 다가갔을 때도 자라는 커다란 눈에 눈물이 그렁그렁한 채 바라보기만 할 뿐 아무 말도 하지 않았다.

「여기 이 어린 아가씨는,」 그리핀이 자라에게 무뚝뚝하게 말을 건넸다. 「자네의 이야기를 듣고 싶다는구먼.」

「그럼 이야기를 해 주지.」 못난 자라가 한숨을 쉬며 공허한 목소리로 말했다. 「둘 다 앉아요. 그리고 내 이야기가 끝나기 전에는 아무 말도 말아요.」

그래서 그들은 입을 다물고 한동안 앉아 있었다.

한동안 기다리던 앨리스는 짜증이 났다.

「아니, 이렇게 뜸을 들이다가 언제 다 끝내겠다는 거지?」

하지만 그래도 참을성 있게 기다렸다.

「옛날 옛날엔,」

마침내 깊은 한숨을 내쉬고 난 자라가 이야기를 시작했다.

「나도 진짜 자라였단다.」

그러나 이 한 마디를 해놓고는 다시 아무 말도 하지 않았다. 들리는 소리라고는 그리핀이 이따금 '흐륵, 흐륵' 거리는 소리와 못난 자라가 끊임없이 훌쩍거리는 소리 뿐이었다. 앨리스는 당장 일어서고만 싶었다. '재미있는 이야기 잘 들었어, 그럼 갈게.' 그러나 일어나 봐야 갈 데가 없다는 걸 생각한 그녀는 아무 말 없이 앉아만 있었다.

「내가 어렸을 적에는.」

자라가 이윽고 말을 이었다. 아직도 이따금 훌쩍거리긴 했으나 조금 전보다는 훨씬 진정된 듯 했다.

「바닷속 학교에 다녔지. 선생은 늙은 자라였어. 우린 그분을 거북이라고 불렀지.」

「거북이니까 거북이라고 불렀겠지. 그렇지 않아?」

「그분이 우릴 그렇게 가르쳤기 때문에 거북이라고 부른 거야!」 자라가 화를 벌컥 내며 말했다. 「넌 정말 그것도 몰라?」

「그렇게 뻔한 걸 묻다니 부끄럽지도 않아?」

그리핀마저 이렇게 덧붙였다. 그리고는 그들 괴상하게 생긴 짐승 두

　마리가 한동안 말없이 바라보고 있자 앨리스는 쥐구멍이라도 들어가 버리고 싶은 심정이었다. 잠시 후 그리핀이 다시 입을 열었다. 「이거 봐 친구, 어서 계속하라고. 이러다가 해 저물겠다」

　이래서 자라의 이야기가 계속되었다. 「우리는 바다에 있는 학교에 다녔지. 너는 믿지 않겠지만……」

　「믿지 않는다고 말한 적은 없어!」 앨리스가 자라의 말을 가로막고 단호하게 말했다.

　「그랬어!」 못난 자라도 지지 않고 고집했다.

　「입들 닥치지 못해!」

　앨리스가 다시 대들려고 하자 그리핀이 먼저 소리쳤다. 이래서 다시 자라는 계속할 수 있었다.

「우리는 정말 훌륭한 교육을 받았지. 매일 학교에 다니면서 말이야.」

「나도 학교에 다니고 있어.」 앨리스가 따지듯이 말했다. 「그러니까 너무 자랑할 것 없어.」

「특별 활동도 있어?」

자라가 조금은 멋쩍어하면서 물었다.

「그럼.」 앨리스가 어깨를 펴며 대답했다. 「특별 활동으로 프랑스어와 음악을 배운단다.」

「세수하는 법도?」

이렇게 묻는 자라는 풀이 죽어 있었다.

「그런 게 어디 있어!」 놀리냐는 투로 앨리스는 화가 나서 소리쳤다.

「아! 그렇다면 너희 학교는 정말 좋은 학교가 아냐!」 자라가 살았다는 투로 신이 나서 말했다. 「우리 학교에서는 과외로 세수하는 법도 가르쳐 주거든!」

「바닷속에 살면 그런 게 필요 없을 텐데.」 앨리스가 비꼬는 투로 말했다. 「바닷속에서 살면서 그런 게 뭐 때문에 필요하겠어?」

「내 맘대로 골라서 배울 순 없었어.」 자라가 다시 한숨을 쉬며 말했다. 「정규 과목은 다 배워야 했으니까.」

「그게 어떤 것들인데?」 호기심이 생긴 앨리스가 물었다.

「비틀거리기, 몸부림치기부터 시작해서,」 자라가 내키지 않는 듯 대답했다. 「갖가지 수학, 즉 야심, 정신 혼란, 추화 그리고 비웃음 따위야.」

「'추화'라는 과목은 들어본 적이 없는데…….」 앨리스는 이번에도 무안당할 각오를 하며 물었다. 「그게 뭐지?」

그리핀이 놀란 듯 앞발을 쳐들고 흔들면서 되물었다.

「아니, 그 말도 모른단 말야?」 그는 어처구니가 없다는 표정을 짓고 있었다. 「설마 '미화'라는 말을 알겠지?」

「그건 알아.」 앨리스는 별로 자신 없는 목소리로 대답했다. 「그건……어떤 것을……예쁘게 만드는 거야.」

「그렇다면,」 그리핀이 결론을 짓듯 말했다. 「그걸 알면서도 '추화'를 모른다니 넌 바보야!」

앨리스는 더 이상 물어 볼 용기가 나지 않아 다시 자라에게 시선을 옮기는 수밖에 없었다.

「그런 것 외에 또 뭘 배웠지?」

「글쎄, 아, 신비를 배웠지!」

이렇게 대꾸한 자라는 날개처럼 생긴 손을 꼽아가며 과목을 세기 시작했다.

「고대와 현대의 신비, 그리고 바다 밑의 지리, 그 다음에 잡아 늘이기를 배웠다. 잡아 늘이기 선생은 늙은 뱀장어였는데, 일주일에 한 번씩 와서 잡아 늘이기, 뻗치기, 구부려 속이기 등을 가르쳤어.」

「어떻게 하는 건데.」

「지금 여기서 보여줄 순 없어.」 자라가 안타까운 듯 말했다. 「난 서툴러서 안되겠고 그리고 그리핀은 배우지 못했고.」

「시간이 없었지.」 그리핀이 변명하듯 말했다. 「하지만 난 그 대신 고전을 배웠지. 선생은 늙은 게였어.」

「난 그걸 못 배웠는데.」 자라가 또다시 한숨을 쉬며 말했다. 「그 선생은 웃는 법과 슬퍼하는 법을 가르쳤다면서?」

「그랬어.」

이렇게 대답하고 난 그리핀도 한숨을 쉬었다. 생각해 보면 똑같이 못 배운 게 많다는 사실을 깨달은 두 짐승은 하나같이 풀이 죽어 앞발에 머리를 묻고 있었다.

「하루에 몇 시간씩 공부했지?」

불쌍해진 앨리스가 재빨리 화제를 바꿔 물었다.

「첫날은 열 시간 공부하고,」 자라가 대답했다. 「다음날은 아홉 시간, 그 다음날은 여덟 시간, 이런 식으로 매일 한 시간씩 줄어들었어.」

「그것 참 이상한 시간표구나!」 앨리스가 놀라서 말했다.

「조금도 이상한 게 아냐.」 이번엔 그리핀이 대답했다. 「선생들이 날이 갈수록 줄어들기 때문이지.」

그것도 그럴 듯하다는 생각이 들었다. 그래도 미심쩍은 게 있어 앨리스가 잠시 후 다시 물었다.

「그럼 열 하루째 되는 날은 쉬겠네?」

「물론 그렇지.」

자라가 자신 있는 목소리로 대답했다.

「그럼 열 이틀째 되는 날은 어떻게 하는 거지?」 앨리스가 궁금해서 바짝 다가앉으며 물었다.

「공부에 관한 이야기는 그 정도면 충분해.」 그리핀이 그녀의 말을 가로막듯이 단호하게 말했다. 「이제 운동에 관한 이야기를 들려주도록 해.」

왕새우의 카드릴 춤

다시 한번 긴 한숨을 내쉰 자라는 손등으로 눈을 비비며 앨리스를 바라보았다. 이야기를 시작하려는 모양이었다. 그러나 계속 훌쩍거리다가 사래가 들려 캑캑거렸다.

「목에 가시라도 걸린 것 같군.」

그리펀은 이렇게 말하면서 자라의 등을 문지르며 두들겨 주었다.

잠시 후 진정한 자라가 눈물을 흘리면서 이야기를 시작했다.

「너는 바닷속에서 살아 본 적이 없을 테니까…….」

'그래, 살아보지 않았어! 한번 가본 적도 없는데…….'

앨리스는 이렇게 말하고 싶은 걸 참았다.

「왕새우와 인사를 나눌 기회가 없었던 거야.」

'먹어 보기는 했지.'

이렇게 생각하던 앨리스는 자기의 생각을 들킬까봐 황급히 고개를 저었다.

'아냐, 절대로 그런 적 없어!

「그러니 왕새우의 카드릴 춤이 얼마나 재미있는지 짐작도 못하겠지.」

「응, 몰라.」앨리스가 대답했다.「그 춤은 어떤 춤인데?」

「가르쳐 주지.」

그리핀이 나섰다.

「먼저 바닷가에 일렬로 서는 거야.」

「두 줄로 말야!」자라가 이어받았다.「물개, 자라, 연어 등등이 모이지. 우선 바닥의 해파리 따위를 깨끗이 치워 내고는……. 」

「그러자면 시간이 좀 걸리지.」그리핀이 다시 나섰다.

그러나 자라도 밀려나려 하지 않았다.

「두 걸음 앞으로 나가서.」

「각자가 왕새우와 짝을 짓는 거야!」그리핀이 고함치듯 말했다.

「물론이지.」자라가 그 말을 받았다.「자기 짝인 왕새우와 두 번 돌고 나서……. 」

「짝을 바꾸고……. 」

「그리고 나서.」

자라와 그리핀이 서로 뒤질세라 번갈아 가며 말했다.

「던져 버리는 거야.」

「왕새우를!」그리핀이 신이 나서 외쳤다.

「바다 멀리 힘껏 던지는 거지!」

「그리고 그것을 쫓아 헤엄쳐 가는 거야!」 그리핀이 다시 발을 구르며 소리쳤다.

「물위에서 공중제비를 하면서.」 자라도 지지 않고 소리쳤다.

「그리고 다시 짝을 바꾸는 거야!」 그리핀이 목청껏 외쳐댔다.

「그리고 육지로 돌아와서는……여기까지가 춤은 끝이야.」 자라가 갑자기 힘이 빠진 목소리로 말했다.

그리고는 지금까지 미친 듯 아우성을 쳐대던 두 짐승은 무너지듯 주저앉아 슬픈 표정을 지으며 묵묵히 앨리스를 바라보았다.

「아주 아름다운 춤이겠구나.」 그들이 안쓰러운 생각이 들어 앨리스는 그다지 내키지는 않았지만 이렇게 말했다.

「조금이라도 보여줄까? 보고 싶어?」

「그래, 보고 싶어.」

「좋아, 그럼 시작해 볼까?」

자라가 그리핀을 바라보았다.

「왕새우가 없어도 할 수 있겠지? 그런데 노래는 누가 할까?」

「네가 해.」 그리핀이 서둘러 말했다. 「난 가사를 까먹었거든.」

두 짐승은 춤을 추기 시작했다. 제법 그럴 듯한 표정을 짓고 그들은 앨리스의 발등을 밟고 자라의 노래에 맞춰 앞발로 박자를 맞춰 가면서 주위를 돌고 돌았다. 노래는 천천히 슬픈 느낌마저 띠고 있었다.

좀더 빨리 걸을 수 없겠니?

뱅어가 달팽이에게 말했지.

돌고래가 내 꼬리를 밟겠어,

저기 새우와 자라가 춤추는 게 보이지!

조약돌 해변에서 우리를 기다리고 있어.

가서 함께 어울려 춤추지 않을래?

싫어? 좋아? 싫어? 좋아? 싫어? 좋아?

어울려 함께 춤추지 않을래?

춤추는 게 얼마나 즐거운지

넌 아마 모를 거야.

번쩍 들려 바다 저 멀리

떨어질 때

그 기쁨, 쾌감을 넌 모를 거야.

그러나 달팽이는 고개를 저었지.

너무 멀어, 너무 멀어.

뜻은 고맙기는 하나

춤추지 않겠다고 말했지,

추기도 싫고, 출 수도 없고,

추기도 싫고, 출 수도 없고,

그래서 추지 않겠다고 말했지

바다 멀리 나가는 건 멋진 일이야.

비늘 달린 친구가 말했네.

바다 저쪽에 또 다른 해변이 있지.

영국에서는 멀고 프랑스에서는 가까운 곳이지.

그렇다고 겁내지 말고, 사랑스런 친구야.

자, 우리 춤이나 추자고! 좋아? 싫어? 좋아?

싫어? 좋아? 싫어?

춤이나 추자고!

「고마워. 아주 멋진 춤이구나.」

춤이 끝나자 다행으로 여기며 앨리스가 말했다.

「그 뱅어에 대한 노래도 재미있고.」

「아, 뱅어가 관한 거라면」 자라가 좋은 말할 거리가 생겼다는 듯 달려들었다.「그것들은…… 물론 본 적이 있겠지?」

「그럼.」

그리고 나서 앨리스는 무심코 말하려 했다. 「가끔 저녁 식……」

여기까지 말하던 그녀는 깨달은 게 있어 황급히 입을 다물었다.

「그게 어디인지는 모르겠지만.」

다행히 자라는 눈치채지 못하는 것 같았다.

「가끔 봤다면 어떻게 생겼는지 잘 알겠네.」

「그래.」 앨리스가 조심스럽게 대답했다.

「꼬리가 입에 달려 있고 온 몸에 빵가루를 뒤집어쓰고 있지.」

「빵가루라니? 그건 아냐.」

자라가 고개를 저었다.

「그렇다면 바닷물에 벌써 씻겨 내려가 버렸게. 하지만 꼬리가 입에 달렸다는 건 맞아. 왜냐하면……!」

여기까지 말하던 자라는 늘어지게 하품을 하고는 눈을 감았다.

「그 이유와 나머지 이야기는 네가 좀 들려 줘.」

자라가 그리핀에게 말했다.

「그 이유는,」

그리핀이 제법 의젓한 목소리로 이야기를 시작했다.

「새우와 춤추기를 좋아해서 그래. 맨 처음 바다 멀리 던졌을 때 놀란

142

바람에 꼬리를 입에 물었는데 빼낼 수가 없어서 그렇게 된 거란다. 이
제 알겠니?」

「고마워.」

어처구니가 없었지만 앨리스는 고개를 끄덕여 주었다.

「재미있는 이야기구나. 사실 뱅어에 대해선 잘 몰랐거든.」

「원한다면 더 이야기 해줄 수 있어.」 그리핀이 신이 나는 듯이 말했
다.

「뱅어를 왜 백어(白魚)라고 하는지 알아?」

「그런 건 생각해 본 적이 없어.」 앨리스는 호기심이 솟아나는 걸 느
끼며 말했다. 「왜 그렇지?」

「구두 때문이지.」 그리핀이 매우 진지하게 말했다.

앨리스는 이상한 소리다 싶어 되물었다.

「구두 때문이라고?」

「그래, 네 구두는 뭘로 닦지?」 그리핀이 당연한 걸 모르느냐는 듯 되
물었다. 「무슨 색 구두약으로 닦느냔 말야?」

그녀는 자기 구두를 내려다보았다. 그리고 잠시 생각한 다음에 대답
했다.

「검은 구두약으로 닦지.」

「그럴 거야. 하지만 바다 밑에서는,」

그리핀이 이번에도 목청을 가다듬어 가며 묵직한 어조로 말했다.

「백어와 같은 백색으로 닦거든. 이제 알겠니?」

「그 구두는 뭘로 만들지?」

아무래도 이해가 잘 되지 않는 듯 앨리스가 물었다.

「뱀장어 가죽으로 만들지 뭘로 만들겠어.」 그리핀이 짜증스럽다는 듯 대답했다. 「그 정도는 아기 새우한테 물어도 알려줄 거야. 그러니까 그렇게 뻔한 일은 나한테 묻지 마.」

멋쩍어진 앨리스는 아까 자라가 노래하던 내용을 생각해 냈다.

「내가 만약 뱅어라면 도망칠 게 아니라 돌고래에게 이렇게 말하겠어. '따라오지 마! 우린 너와 함께 가기 싫어!'」

「그렇게는 안돼. 돌고래가 없으면 곤란해.」 자라가 어림없는 소리라는 듯 말했다. 「생각 있는 물고기라면 그게 없이는 아무 곳에도 가지 않아.」

「아니, 그게 정말이야?」 앨리스는 놀라서 물었다.

「말한 그대로야.」 자라가 대답했다. 「나는 여행을 한다는 물고기를 만나면 '무슨 돌고래와 가니?'라고 묻거든.」

「그럼 이제껏 '목적'에 대해 말했던 거야?」

(돌고래 떼라는 뜻의 'porpoise' 와 목적이란 뜻의 'purpose' 가 발음이 비슷해서 자라가 착각을 일으켰음──옮긴이)

앨리스의 이 말에 뒤늦게야 자기의 실수를 깨달은 자라는 얼굴을 붉히고 벌컥 화를 냈다.

「난 정확히 말했어! 네가 잘못 들은 거야!」

그리핀이 둘 사이에 끼어들었다.

　「자, 이제 그 이야긴 그만두고 이 아가씨의 이야기를 들어보기로 하지. 괜찮겠지?」

　「오늘 아침부터 시작한 모험 이야기라면 할 수 있을 거야.」 앨리스가 머뭇거리며 대답했다. 「그 전의 이야기는 해도 소용없을 거야. 난 그때와는 다른 사람이 되고 말았으니까.」

　「처음부터 이야기해 줘.」 자라가 호기심이 일어 바짝 달려들며 말했다.

　「아냐, 아냐, 모험 이야기를 먼저 해.」 그리펀이 자라를 밀쳐내며 말했다.

　「처음부터 이야기하자면 끔찍하게 오래 걸릴 텐데……」

　이렇게 해서 앨리스는 오늘 아침 하얀 토끼를 만나면서부터 비롯된 모험 이야기를 시작했다. 처음엔 괴상하게 생긴 두 짐승이 눈을 동그랗게 뜨고 입을 헤벌린 채 바짝 다가앉은 바람에 좀 불안했지만, 이야기를 하는 동안에 차분해졌다.

두 청취자는 앨리스가 송충이에게 '이젠 늙으셨어요, 윌리암 신부님' 이란 시를 외웠다는 이야기를 할 때까지 군소리 한마디 없이 열심히 듣고 있었다. 그러나 그 시를 외우는데 어찌된 셈인지 자꾸만 엉뚱한 말이 튀어나오더라는 이야기를 하자, 자라가 길게 한숨을 내쉬고 입을 열었다.

「그것 정말 이상한 일이군!」

「그래, 그렇게 이상한 일도 없을 거야.」 그리핀이 맞장구를 쳤다.

「엉뚱한 말이 튀어 나왔다고?」 자라가 무엇인가를 생각하며 다시 한 번 되뇌었다. 「다른 것도 그런지 궁금하구나. 한번 외워보지 않을래?」

이렇게 말한 자라는 그리핀을 돌아보며 동의를 구하는 듯한 표정을 지어 보였다. 그리핀이 반대할 리가 없었다.

「일어서서 '그것은 게으름뱅이의 소리야' 를 외워 봐. 정신차리고!」

'아니, 동물이 사람에게 명령을 하고 아주 제멋대로군.'

앨리스는 속으로는 괘씸했지만 어쩔 수 없었다.

「당장 학교로 돌아가는 게 낫겠어!」

그러나 앨리스는 일어서서 외우는 수밖에 없었다. 그런데 막상 외우려 하자 왕새우의 카드릴 춤 생각으로 머릿속이 가득한 그녀의 입에서는 엉뚱한 말들이 튀어나오고 있었다.

왕새우의 외치는 소리

나는 그의 소리를 들었네.

'날 너무 바짝 구워서

머리카락에 설탕을 쳐야겠네.'

눈꺼풀이 있는 어느 오리처럼

그는 코를 이용해

혁대와 단추를 단정히 채우고

발들을 예쁘게 꾸몄지.

백사장이 바짝 마르면

그는 종달새처럼 즐거워하며

거만한 목소리로 상어에게

지껄여댔지.

그러나 조수가 밀려들고

상어가 나타나면

그의 목소리는 겁에 질려

떨리기까지 했다네.

「그건 내가 어릴 때 외우던 것과는 사뭇 다르군.」

듣고 난 그리핀이 고개를 갸우뚱했다.

「난 전에 들은 적은 없지만.」

자라는 신통치 않은 표정이었다.

「뭔가 앞뒤가 안 맞아.」

앨리스는 아무 대꾸도 하지 않았다. 그녀는 두 손에 얼굴을 묻고, 이제 다시는 예전의 자신으로 돌아갈 수 없을 것 같아 두려웠던 것이다.

「어떻게 해서 그렇게 됐는지 설명해 줬으면 좋겠구나.」 자라가 말했다.

「이 아인 설명할 수 없을 거야.」 그리핀이 자라의 말을 막듯 서둘러 말했다.「다음 구절을 계속하도록 하지.」

「하지만 너무 말이 안돼.」

자라가 물러서려 하지 않았다.

「아니, 어떻게 코로 발을 꾸밀 수 있겠어?」

「춤을 추려면 발부터 꾸며야지.」

이렇게 말하면서도 앨리스는 자신이 말하는 것과 또 모든 일이 뒤죽박죽 정신이 없어서 화제가 바뀌기를 바랐다.

「다음 구절을 계속해 봐.」 그리핀이 끈질기게 되풀이했다.「'나는 그의 정원을 지나쳤네' 이렇게 시작되거든.」

앨리스는 뻔히 틀릴 것을 알면서도 그리핀의 명령을 어길 수 없어 떨리는 목소리로 외울 수밖에 없었다.

나는 그의 정원을 지나쳤네.

부엉이와 표범이 파이를 나누고 있는 걸

한 눈으로 훔쳐보면서

부엉이는 자기 몫을 기다리며

접시만 가지고 있는 사이에

표범은 파이 껍질과 고기와

국물을 먹어 치웠네.

파이가 없어진 다음에야

부엉이는 스푼을 드는 은혜를 입었지,

하지만 접시는 비어 있었네…….

「그런 잠꼬대 같은 소리 집어쳐.」

자라가 가로막았다.

「계속하려면 설명을 하든지! 도무지 무슨 소린지 알 수가 없어!」

「그래, 이제 그만두는 게 좋겠군.」

그리핀이 이렇게 말했을 때 진심으로 기쁜 건 앨리스 뿐이었다.

「그럼 왕새우의 카드릴 춤이나 다시 한번 춰 볼까?」

그리핀이 다시 원하지도 않는 친절을 보였다.

「아니면 자라에게 다른 노래를 시킬까?」

「아, 노래가 좋겠어. 자라가 좋다면 말이야.」 앨리스가 신이 나서 대답하자 그리핀이 거역할 수 없는 위엄을 갖추며 자라에게 명했다.

「에헴, 입맛과는 관계없는 일이지만 이 아가씨에게 '자라 수프'의 노래를 해주지 않겠나, 친구?」

자라는 긴 한숨을 내쉬고 나서 노래를 시작했다. 이따금 흐느낌으로 중단되었다가 계속되는 노래는 다음과 같았다.

　　푸짐하고 고운 초록빛

　　기막힌 수―프

　　냄비 속에서 끓고 있네.

　　그 누구가 마다할 건가?

　　성대한 만찬의 수―프!

　　아름다운 수―프!

　　만―찬의 수프

　　아―름다운 수프!

　　기막힌 수프

　　어느 고기에 비길까?

　　어느 풀에 비길까?

　　누가 돈을 아끼리.

　　누가 돈을 아끼리.

　　기막힌 수프,

　　만찬의 수―프!

　　「후렴 다시!」

　　그리핀이 소리치자 자라가 다시 반복하기 시작했을 때, 멀리서 「재

150

판을 시작한다!」는 외침소리가 들려왔다.

「따라와!」

그리핀이 이렇게 소리치고는 앨리스의 손을 이끌고 노래가 끝나기
도 전에 허겁지겁 그 자리를 떠났다.

「무슨 재판이지?」

앨리스가 영문을 모른 채 뛰느라 숨을 헐떡이며 물었다. 그러나 그
리핀은 「따라와!」 소리만 연발할 뿐 대답은 할 생각도 하지 않았다.

그들이 달리면 달릴수록 미풍에 실려 그들 귀에 들려오는 구성진 노
랫소리는 점점 희미해져 가고 있었다.

만찬의 수—프!

기막힌……맛있는 수—프!

누가 파이를 훔쳤나?

그들이 재판정에 도착했을 때 갖가지 새들과 짐승들 그리고 한 세트의 트럼프 병정들이 빽빽이 들어 차 있었고 맨 앞 옥좌에는 하트나라의 왕과 여왕이 앉아 있었으며, 그 앞에 사슬에 묶인 시종무관 '하트의 잭' 이 서 있었다. 두 명의 병사가 양쪽에서 그를 지키고 있었고, 왕 옆에는 하얀 토끼가 한 손에 트럼펫, 다른 손엔 양피 두루말이를 쥐고 버티고 서 있었다.

재판정 한복판엔 커다란 파이 접시가 놓여 있는 테이블이 있었는데, 그 파이가 어찌나 먹음직스러운지 앨리스는 그것을 보는 순간 시장기를 느꼈다.

'재판이 빨리 끝나면 얼마나 좋을까.'

앨리스는 입안에 군침이 도는 걸 어쩔 수 없었다.

'그럼 저 파이를 모두에게 나눠줄지도 모르잖아!'

그러나 그럴 기회는 좀처럼 올 것 같지 않아 앨리스는 시간을 보내기 위해 주위를 살펴보기 시작했다.

재판정 같은 곳에는 한번도 가본 적이 없는 앨리스였지만, 책에서 봤기 때문에 그곳에 있는 것들의 이름을 대충 알 수 있을 것 같아 굉장히 기뻤다.

'저게 판사야!

앨리스는 속으로 소리쳤다. '가발을 쓴 걸 보면 알 수 있거든.'

판사역은 왕이 맡고 있었는데, 커다란 가발 위에 왕관을 얹고 있어 모습이 어울리지 않는 데다가 자기 자신도 불편하기 짝이 없을 것 같았다.

'저곳이 배심원석이겠지. 그리고 저 열두 마리 동물들이(새들과 뭍짐승들이었다) 배심원들일 거야.'

이렇게 생각한 앨리스는 배심원이란 말을 소리내어 몇 번인가 되풀이했다. 자기와 같은 또래의 아이들이나 짐승들 중에서 그런 것을 아는 존재는 극히 드물 것 같아 몹시 자랑스러웠던 것이다.

열두 마리의 배심원들은 무엇인가를 바쁘게 쓰고 있었다.

「저것들이 무엇을 하고 있는 거지?」 앨리스가 그리핀에게 속삭여 물었다. 「재판이 시작되기 전까지는 아무 것도 쓸 수 없도록 정해져 있을 텐데.」

「그들은 자기 이름을 쓰고 있는 거야.」 그리핀이 나직한 목소리로 대답했다. 「재판이 끝나기 전에 자기 이름을 잊어버릴까 두려워서 그러는 거지.」

「바보 같은 것들이군!」

무심코 이렇게 소리치던 앨리스는 하얀 토끼가 「법정에서는 정숙하시오!」 하고 소리치는 바람에 깜짝 놀라 황급히 입을 다물었다. 왕이 안경을 꺼내 쓰고 소리친 자를 찾으려는 듯 불안한 시선으로 두리번거리고 있었다.

앨리스가 어깨 너머로 훔쳐보니 배심원 모두가 그들의 판자에 '바보 같은 것들이군! 이라고 써대고 있었고, 그 중에는 '바보' 라는 글자도 쓸 줄 몰라 다른 자에게 묻는 동물도 보였다.

「저렇게 되는 대로 받아쓰면 재판이 끝나기도 전에 판자가 엉망이 되겠는걸.」

앨리스는 어처구니가 없었으나 어쩔 도리가 없는 일이었다.

그러나 연필로 판자를 벅벅 그어대는 배심원을 발견한 앨리스는 더 이상 참을 수가 없어 뒤로 돌아가 기회를 엿보다가 연필을 빼앗아 버렸다. 그러나 그 행동이 어찌나 빨랐던지, 무슨 일이 벌어진지도 모르는 가련한 어린 배심원은(빌이라는 이름의 도마뱀이었다) 한동안 연필을 찾다가 마침내 포기한 듯 손가락으로 판자를 긁적거렸다. 도마뱀 빌은 난감한 표정을 지었다.

「헤랄드, 고소장을 읽어라!」

왕의 명령이 떨어졌다.

그러자 헤랄드라고 불린 하얀 토끼는 들고 있던 트럼펫을 세 번 힘차게 불고는 양피 두루말이를 풀어 목청껏 읽기 시작했다.

하트 나라의 여왕께서,

그 더운 여름날에 온종일

과일 파이를 만드셨지!

하트 나라의 시종무관, 그는 그 파이를 훔쳐

어디엔가 멀리 가져갔네!

「판결하라!」

왕이 배심원들을 향해 소리쳤다.

「아직은 안돼요! 아직 이릅니다!」

하얀 토끼 헤럴드가 기겁하여 가로막았다.

「그 전에 거쳐야 할 절차가 있습니다. 순서대로 해야지요!」

「좋아, 첫 번째 증인을 불러라!」

왕이 다시 명령을 내리자 헤럴드가 다시 한번 트럼펫을 힘차게 세
번 불고 나서 소리쳤다.

「첫 번째 증인!」

첫 번째 증인은 모자장이 해터였다. 그는 한 손엔 찻잔과 또 다른 손
엔 버터 바른 빵을 들고 있었다.

「용서해 주십시오, 전하.」

그는 먼저 깍듯하게 예를 올렸다.

「부르셨을 때, 티 타임이 끝나지 않아 여기까지 이것들을 들고 올 수밖에 없었습니다.」

「도대체 지금 시간이 몇 시인데!」 왕이 화가 치미는 듯 소리쳤다.

「도대체 티 타임은 언제부터 시작되었느냐?」

해터는 난처한 얼굴로 이제 막 재판정에 들어서는 '3월의 토끼'를 바라보았다. 미친 토끼는 잠꾸러기 도어마우스와 팔짱을 끼고 있었다. 그들을 바라보던 해터는 별수 없다는 듯 입을 열었다.

「제 생각으론 3월 14일인 것 같습니다.」

그러자 미친 토끼가 어림없는 소리라는 듯 소리쳤다.

「닥쳐! 15일이야!」

「무슨 소리야? 16일이지!」

「모두 적어라!」

왕이 배심원들에게 명했다. 배심원들은 기다렸다는 듯이 낙서 투성이 위에다 그들이 말한 세 개의 날짜를 적고는 돈으로 환산이라도 하려는 듯, 그 뒤에 실링이나 펜스 따위의 화폐 단위를 붙였다.

「모자를 벗어라!」

왕이 모자장이 해터에게 무례를 꾸짖듯 명했다.

「이건 제 것이 아닙니다.」 해터가 머뭇거리다 대답했다.

「훔쳤구나!」

왕이 비명을 지르듯 외치고는 배심원들을 돌아보자 그들은 즉시 그 사실을 기록했다.

「팔려고 가지고 있는 겁니다.」

놀란 해터가 부리나케 변명했다.

「제가 가지고 있는 건 모두 제 것이 아닙니다. 저는 모자를 만드는 모자장이올시다!」

여왕이 안경을 끼고 그를 날카로운 시선으로 노려보았기 때문에 해터는 더욱 안절부절못하고 새파랗게 질려가고 있었다.

「증언을 시작하라!」

왕의 명령이 떨어졌다.

「그리고 우물쭈물 하지 말라. 만약 그렇지 않으면 당장 목을 베어버리겠다!」

이 말은 해터에게 조금도 용기를 줄 수 없었다. 그는 양쪽 다리를 번갈아 들어 올리며 여왕의 눈치를 살피다가 빵을 한 입 베어 문다는 게 그만 찻잔을 물어뜯고 있었다.

바로 이 순간 앨리스는 뭔가 이상한 느낌이 들어 주위를 살폈다. 그러나 잠시 후 원인은 다른 곳이 아니라 자신에게 있다는 것을 깨닫고는 놀라지 않을 수 없었다. 그녀의 몸이 다시 커지고 있었던 것이다!

우선 더 커지기 전에 여기서 나가야 한다는 생각이 들었다. 그러나 곧 마음을 바꿔 견딜 수 있는 한 있어 보기로 작정했다.

「제발 좀 밀지 말아 줘!」

그녀의 옆에 앉아 졸고 있던 도어마우스가 투덜거렸다.

「숨이 막힐 지경이야!」

「어쩔 수 없어.」 앨리스가 미안한 듯 말했다. 「나는 막 커지고 있거든.」

「넌 여기에서 커질 권리가 없어!」 도어마우스가 제법 호통치듯 말했다.

「어리석은 소리하지도 마!」 앨리스가 만만치 않게 소리쳤다. 「누구든지 자라는 법이야. 너도 그렇고.」

「그래, 하지만 난 정상적인 속도로 크고 있어.」 잠꾸러기 쥐가 반박했다. 「너처럼 터무니없이 갑자기 크지는 않는단 말야.」

이렇게 내뱉듯이 말하고는 그는 일어서서 재판정의 다른 쪽으로 비척거리며 가버렸다.

이러는 사이 모자장이 해터에게 눈 한번 떼지 않고 노려보고 있던 여왕이 도어마우스가 자리를 옮기자 한 검찰관에게 명을 내렸다.

「지난번 음악회에서 노래를 부른 가수들의 명단을 가져오너라.」 이 말을 들은 해터는 어찌나 심하게 떨어대는지 구두가 벗겨져 나갔다.

「증언을 하라니까 뭘 꾸물거리고 있는 거냐?」

화가 난 왕이 떨고 있는 해터에게 소리쳤다.

「당장 시작하지 않으면 이번엔 불안해하든 않든 간에 목을 베어 버리겠다.」

「용서해 주십시오, 전하. 저는 불쌍한 자올시다.」

해터가 떨리는 목소리로 말하기 시작했다.

「티 타임을 시작한 것은 약 일주일 전이옵고……반짝거리기 시작한 것은…….」

「반짝거리다니, 뭐가?」

「찻잔 속에서 차가 햇빛에…….」

「날 놀릴 작정이냐? 계속해!」

「저는 불쌍한 자올습니다.」 모자장이는 부들부들 떨며 계속했다.

「그리고 대부분의 물건은 햇빛이 비치면 반짝인다고…… '3월의 토끼' 가 말하는 바람에 ……」

「난 그런 적이 없어.」 미친 토끼가 허겁지겁 가로막았다.

「네가 그랬잖아.」 해터가 목청을 높여 고집했다.

「난 아냐.」 토끼가 있는 힘을 다해 악을 썼다.

토끼가 부정하고 있었다.

왕이 배심원들에게 명했다.

「그 부분은 삭제하라.」

「아, 그럼 도어마우스가 그렇게 말했나 봅니다…….」

이렇게 둘러댄 모자장이는 불안한 시선으로 도어마우스를 찾았다. 또 아니랄까봐 두려웠던 것이다. 그러나 이미 잠에 곯아떨어져 있는 잠꾸러기 쥐가 거부할 리가 없었다.

「그래서 난 버터 빵을 조금 잘라…….」

해터가 안심하고 말을 계속하자, 배심원 하나가 가로막듯 물었다.

「도어마우스가 뭐라고 했나?」

「기억이 나지 않습니다.」

「기억을 해야 하느니라.」

왕의 근엄한 목소리가 울렸다.

「그렇지 않으면 네 목을 벨 것이니라.」

새파랗게 질린 모자장이는 들고 있던 찻잔과 빵을 떨어뜨리고는 한 쪽 무릎을 꿇었다.

「저는 아주 불쌍한 자올습니다, 전하!」

「너는 말하는 것도 정말 형편없구나.」

왕이 딱하다는 듯 혀를 찼다.

이때 돼지 쥐 한 마리가 왕의 말에 박수를 쳤으나 그는 즉각 검찰관에 의해 제지당했다. 제지하는 방법은 왜 힘들어 보였다. 검찰관은 두꺼운 천으로 된 자루를 돼지 쥐의 머리에서부터 뒤집어 씌워 묶어 버렸다.

'어머나, 저렇게 하는 것이구나!'

앨리스는 그 광경을 보게 된 걸 기쁘게 생각했다. 증언이 끝나자 방청석에서 환호와 폭소가 터졌으나 검찰관에 의해 즉각 제지되었다.(신문에서 이런 기사를 가끔 읽었는데 지금까지는 어떻게 했는지 궁금했거든!)

「그게 네가 아는 것의 전부라면 내려가도 좋다.」

왕이 다시 명령을 내렸다.

「내려갈 수가 없습니다.」

해터가 겁에 잔뜩 질려 대답했다.

「여기가 바……바닥인 걸요, 전하.」

「그럼 앉으면 될 게 아니냐, 이 불쌍한 것아.」

이번에도 또 돼지쥐 한 마리가 폭소를 터뜨렸으나 역시 같은 방법으로 제지당했다.

'어머나, 저러다 돼지쥐 죽이겠네!'

앨리스는 안타까웠으나 어쩔 도리가 없었다.

'저래선 안돼. 보다 인도적으로 대해 줘야 해. 더구나 여긴 재판정이잖아!'

「저는 빨리 가서 티 타임을 끝냈으면 하는데요…….」

해터가 불안한 시선으로 가수들의 명단을 들여다보고 있는 여왕을 훔쳐보며 왕에게 애걸하다시피 말했다.

「그래, 가도 좋다.」

왕의 허락이 떨어지기가 무섭게 모자장이는 구두를 신을 생각도 못 하고 걸음아 나 살려라 하고 재판정에서 뛰쳐나갔다. 그런 직후,「저 자를 따라가 밖에서 목을 베어라.」하고 마침내 가수의 명단에서 해터 의 이름을 찾아낸 여왕이 한 검찰관에게 호통쳐 말했다. 그러나 필사 적으로 도망친 해터의 모습은 검찰관이 재판정의 문에 이르기도 전에 흔적도 없이 사라져 버리고 말았다.

「다음 증인을 불러라.」

왕의 명령이 다시 장내에 울렸다.

다음 증인은 공작 부인의 요리사였다. 그녀는 후춧가루 상자를 들고 있었고, 앨리스는 그녀가 재판정에 들어서기 전부터 누구라는 것을 짐 작할 수 있었다. 문가에 앉아 있는 짐승들과 트럼프 병정들이 일제히 재채기를 하기 시작했기 때문이었다.

「증언을 시작하라!」

왕이 명령을 내렸으나 요리사는 왠지 머뭇거리고만 있었다.

「싫습니다.」요리사가 말했다.

왕은 어찌할 줄 몰라 서기격인 하얀 토끼 헤럴드를 바라보았다. 그 러자 그는 재빠르게 나직한 목소리로 귀뜸을 해주었다.

「전하, 반대 심문을 하셔야죠.」

「그래? 그렇다면 하고 말고.」

이렇게 말을 했으나 왕은 눈이 보이지 않을 정도로 잔뜩 상을 찌푸린 채 요리사를 노려본 다음 심각한 어조로 물었다.

「파이는 무엇으로 만드는가?」

「대부분 후춧가루로 만듭니다.」

요리사가 거침없이 대답했다. 그런데 「틀렸어. 당밀로 만드는 거야.」

그녀의 뒤에서 잠에서 덜 깬 목소리가 들려왔다. 도어마우스였다.

「저것을 당장 끌어내라!」

여왕이 날카로운 소리를 질렀다.

「당장 끌어내 두들기고, 짓밟고, 수염을 잘라 버려라.」 이때부터 잠시 동안 재판정은 아직도 잠에서 덜 깬 잠꾸러기 도어마우스를 끌어내느라 커다란 소동이 일어났다. 겨우 다시 잠잠해졌을 때 살펴보니 이미 요리사의 모습은 사라진 후였다.

「상관없어.」

왕은 오히려 잘됐다는 듯이 말했다.

「다음 증인을 불러라.」

이렇게 명하고 난 왕은 여왕에게 귓속말을 건넸다.

「여보, 다음 증인의 반대 심문은 당신이 하구려. 난 이런 건 골치가 아파서 딱 질색이거든.」

앨리스는 명단을 부지런히 넘기고 있는 하얀 토끼 헤럴드를 바라보며 다음 증인은 어떤 인물일까 하고 호기심이 일었다.

'아직 증거라고 할 만한 것은 아무 것도 없잖아.'

이렇게 혼잣말을 중얼거리고 있던 그녀는 토끼가 날카롭고 가느다란 목청을 있는 대로 뽑아 다음 증인의 이름을 부르자 기겁하지 않을 수 없었다. 그것은 다름 아닌 바로 그녀 자신의 이름이었던 것이다.

「앨리스.」

앨리스의 증언

「네.」

깜짝 놀란 앨리스는 엉겁결에 소리치며 벌떡 일어섰다. 너무 놀란 나머지 자신이 지난 몇 분 동안에 얼마나 컸는지 까맣게 잊은 데다가 급히 일어나는 바람에, 옷자락이 배심원석을 휘감아 뒤집어엎어 12명의 배심원들을 그 아래에 있는 방청객의 머리 위로 몽땅 굴러 떨어뜨린 꼴이 되고 말았다.

눈 깜빡할 사이에 방청객들의 머리 위에 떨어져 허우적거리는 배심원들의 모습은 언젠가 어항을 쏟았을 때의 금붕어들 같았다.

「아, 정말 죄송합니다.」

당황한 앨리스가 사과하며 급히 배심원들을 집어 올려 배심원석으로 올려놓기 시작했다. 바닥에 떨어진 금붕어들을 빨리 어항 속에 집어 넣지 않으면 죽는다는 생각이 배심원들을 집어 올리는 앨리스의 손

길을 바쁘게 만들었던 것이다.

「배심원들이 모두 제자리로 돌아가기 전까지는……,」

왕은 위엄 있는 목소리로 말했다.

「재판을 진행할 수 없다.」

그리고는 날카로운 눈길로 앨리스를 노려 보았다.

부랴부랴 배심원들을 다 집어 올리고 난 후 이제 됐구나, 하는 생각
으로 배심원석을 돌아보던 앨리스는 도마뱀 빌이 거꾸로 처박혀 꼬리
만 흔들어대는 걸 보고는 어이가 없어졌다. 앨리스는 한심하다는 생각
을 하며 다시 집어 올려 제대로 앉혀 놓았다.

'자기 몸 하나 제대로 추스르지 못하는 게 무슨 배심원이야!'

제자리를 겨우 찾은 배심원들은 종전의 충격에서 어느 정도 벗어나 판자와 연필을 다시 찾아 들고 그들이 당한 사고의 내용을 부지런히 적어 내려가기 시작했다. 그러나 도마뱀 빌만은 너무나 충격이 컸던지 입을 헤 벌리고 재판정의 천장만 올려다보고 앉아 있었다.

「이 사건에 대해 알고 있는 게 있는가?」 마침내 왕이 앨리스에게 물었다.

「아무 것도 없습니다.」 앨리스는 분명하게 대답했다.

「전혀 아무 것도?」

「아무 것도 모릅니다.」

「그건 아주 중요한 일이군!」

왕이 배심원들을 돌아보며 말했다. 그러나 그들이 그 말을 막 적어 넣으려 했을 때 하얀 토끼 헤럴드가 가로막았다.

「전하께서 말씀하신 뜻은 여러분도 잘 아시겠지만, 대수롭지 않다는 뜻입니다.」

헤럴드의 말씨는 공손했으나 잔뜩 인상을 쓰고 왕을 바라보며 말하고 있었다.

「물론 대수롭지 않다는 뜻이지.」

왕도 허둥지둥 둘러대고는 혼잣말로 중얼거렸다.

「중요하다…… 대수롭지 않다…… 중요하다…… 대수롭지 않다……」

그는 어느 말이 그럴 듯하게 들리는지 알아보려는 듯했다.

그러나 앨리스는 배심원석 가까이에 서 있었기 때문에 그들 중의 몇은 '중요하다' 라고 적는가 하면, 다른 몇은 '대수롭지 않다' 라고 써넣는 것을 볼 수 있었다.

'아무려면 무슨 상관이야.'

앨리스는 자신있게 혼잣말로 중얼거렸다.

이때 지금껏 노트에 무엇인가를 열심히 쓰고 있던 왕이 「정숙하라!」하고 외친 다음 노트에 적은 것을 읽어 내려갔다.

「제42조. 누구를 막론하고 키가 1마일 이상 되는 자는 법정에서 떠나야 한다.」

재판정 안의 모든 시선이 앨리스에게 집중되었다.

「제 키는 1마일이 못돼요.」 앨리스가 당당하게 대답했다.

「아냐, 충분히 돼!」

왕이 억지를 부리자 여왕까지 합세했다.

「거의 2마일 가까이 될 거야!」

「어쨌든 저는 안 나갈 거예요.」

앨리스는 조금도 물러서지 않았다.

「그 규칙은 지금 막 왕께서 마음대로 만드신 거잖아요.」

「무슨 소리를 하는 거냐? 이 법률은 가장 오래 된, 그러니까 맨 처음 만들어 낸 법률이다.」

「그렇다면 제1조가 아니고 왜 제42조라는 거죠?」

그 말에 왕은 얼굴이 창백해져 황급히 펴들고 있던 노트를 덮었다. 그리고는,

「판결하라!」

하고 배심원들에게 외쳐대는 왕의 목소리는 떨리고 있었다.

「안됩니다, 전하. 아직 제출할 증거가 남았습니다.」

하얀 토끼 헤럴드가 급히 뛰어 나오며 가로막고 봉투 한 장을 들어 보였다.

「방금 이 봉투를 주웠습니다.」

「그 안에 무엇이 들어 있나?」 이번에는 여왕이 급히 물었다.

「아직 열어 보진 않았습니다만,」 토끼가 대답했다.

「이것은 피고가 누군가에게 보내는 편지 같습니다.」

「당연할 테지.」

앨리스로부터 화제가 바뀐 게 다행이라는 듯 왕이 기운차게 말했다.

「편지를 받아 볼 사람이 없을 리가 있나.」

「받는 사람이 누구입니까?」 배심원 하나가 물었다.

「누구에게 가는 게 아닙니다.」 토끼가 대답했다. 「봉투엔 아무 것도 적혀 있지 않기 때문이오.」

이렇게 말하며 토끼는 봉투를 뜯어 내용물을 꺼내 들었다.

「이건 편지가 아니군요. 시(詩)가 한 수 적혀 있습니다.」

「피고가 직접 쓴 거요?」 다른 배심원이 물었다.

「아니오. 그런 것 같지 않습니다.」

170

무슨 이유에선지 이렇게 대답하고 하얀 토끼가 덧붙여 말했다.

「하지만 이 세상에서 가장 기묘한 시(詩) 같아요.」

배심원 모두가 난처한 표정으로 하얀 토끼와 왕을 번갈아 바라보았다.

「저건 누구의 필적을 흉내냈을 거야!」

왕이 뻔하다는 듯 말하자 배심원들의 표정이 밝아졌다. 왕의 말은 묶여 있는 시종무관을 가리키는 것이었기 때문이다.

「전하, 아닙니다.」 피고 시종무관이 기겁해서 소리쳤다. 「제가 쓴 게 아닙니다. 끝에 서명도 없으니까 아무런 증거도 없지 않습니까?」

「네가 서명을 하지 않은 것은,」 왕은 빙그레 웃으며 덧붙여 말했다. 「네 죄만 더 무겁게 하는 짓이 된다. 떳떳하지 못한 짓을 했기 때문에 서명을 하지 않았던 것이다. 만약 올바른 행동을 하는 정직한 인물이라면 왜 서명을 하지 않았겠는가!」

방청석에서 박수소리가 터져 나왔다. 왕이 처음으로 그럴듯한 말을 했기 때문이었다.

「이제 저 자는 분명히 유죄임이 밝혀졌으니, 어서 목을……!」

「그런 건 증거가 되지 못해요.」

여왕의 말을 막은 건 앨리스였다.

「그 시가 어떤 내용인지도 모르지 않아요?」

「그걸 읽어 보라!」 왕이 못마땅한 목소리로 명했다.

안경을 꺼내 쓴 토끼 헤럴드가 왕에게 물었다.

「어디서부터 읽을까요, 전하?」

「처음부터 끝까지 읽어라.」 왕이 다시 근엄한 목소리로 명했다.

「그리고 끝까지 읽고 나면 멈춰라!」

하얀 토끼 헤럴드가 그 시를 낭송하기 시작하자 재판정이 물을 끼얹
은 듯 조용해졌다.

그녀에게 다녀오도록 말했네.

그리고 그에게도.

나에게 그녀는 멋지다고 했지만

난 수영을 못한다고 말했지.

내가 가지 않았다고 그가 말했네.

(그것이 사실이라는 걸 알고 있지)

만약 그녀가 그 일을 내게 미룬다면

그대는 과연 어떻게 될까?

난 그녀에게 하나를, 그들은 그에게 둘을 주었네.

그대는 우리에게 셋 이상을 주었지.

그들은 그에게서 모든 것을 빼앗아 그대에게 주었네.

예전엔 내 것이었던 것을.

만약 그녀나 내가 이 사건에

우연히 말려든다면

그는 예전에 우리가 그랬듯이

그대가 그들을 자유롭게 만들어 줄 것으로 믿었네.

내가 아는 것은 그대가 했으리라는 것이었네.

(그녀가 그렇게 하기 전에)

그와 우리와 그것 사이를 떼어 놓는

장벽이 생기고 말았네.

그녀가 그들을 무엇보다 좋아한다는 걸

그에게는 말하면 안되네.

이것은 언제까지나 그대와 나

그리고 누구에게도 밝힐 수 없는 비밀이라네.

「이것이야말로 이제껏 듣던 중 가장 중요한 증거로군!」

왕이 만족한 듯 두 손을 마주 비비며 말했다.

「그러니 이제 배심원들에게…….」

「누구라도 그 시를 알기 쉽게 설명해 줄 수 있다면.」

앨리스가 가로채고 나섰다. 그녀는 앞서 몇 분 동안 충분히 커졌기 때문에 아무런 주저없이 왕의 말을 가로챌 수 있었다.

「당장 그에게 6펜스를 주겠다. 그 시에는 아무 뜻이 없다고 믿기 때문이야.」

배심원들은 부지런히 판자 위에 기록하고 있었다.

'그녀는 이 시에는 뜻이나 핵심이 없다고 믿고 있다.'

그러나 아무도 설명하겠다고 나서는 자가 없었다.

「만약 이 시에 뜻이 없다면」 왕의 목소리가 들려왔다. 「애써 해독할 · 필요가 없지. 그 뜻을 찾아내는 고생을 안 해도 되니까. 하지만 확실히 모르겠군.」

왕은 이러면서 그 시가 적힌 종이를 토끼로부터 받아 무릎 위에 펼쳐놓고 한쪽 눈으로 들여다 보았다.

「내가 보기엔 '수영을 못한다고 말했지' 이런 구절이 마음에 걸리는데. 수영을 할 줄 모르지? 그렇지 않나?」

왕이 묶여 있는 시종무관에게 묻고 있었다.

피고는 슬픈 표정으로 고개를 저었다. 그리고는,

「제가 그렇게 보입니까?」라고 되물었다. 온몸이 넓적하고 두꺼운 종
이로 만들어진 그가 수영을 한다는 건 상상하기 어려웠다.

「좋아. 여기까지는,」

이렇게 말한 왕은 시를 읽어 내려가며 혼잣말처럼 중얼거리기 시작
했다.

「'사실이라는 걸 알고 있지' 이것은 배심원들에게 해당되는 구절이
고, '만약 그녀가 그 일을 내게 미룬다면' —이건 여왕을 가리켜 한 말
이 틀림없고, '그대는 어떻게 될 것인가? —정말 난 어떻게 되는 거지?
'난 그녀에게 하나를, 그들은 그에게 두 개를 주었네.' —바로 이 구절
이야. 저 자가 파이를 어떻게 했다는 게 여기에 나와 있군!」

「하지만 그 다음에 '그들은 그들에게서 모든 것을 빼앗아 그대에게
주었네' 라는 구절이 있잖아요?」 앨리스가 반박했다.

「바로 그거야! 그게 저기에 있지 않느냐!」

왕이 승리에 들뜬 목소리로 소리치며 테이블 위에 놓여 있는 파이를
가리켰다.

「저것보다 분명한 증거가 어디 있겠어. 자 다음을 볼까? '그녀가 그
렇게 하기 전에' —여보, 여기 나와 있는 대로 당신이 그런 짓을 하지
않으리라고 생각하는데?」

왕이 여왕에게 묻고 있었다.

「절대로 그런 적 없어요. 그 시에도 그렇게 씌어 있잖아요.」

여왕은 이렇게 소리치며 성이 나 잉크 스탠드를 들어 도마뱀 빌에게 냅다 던졌다. 불운한 빌은 이제까지 손가락으로 판자에 글씨를 써댔지만 아무런 흔적도 남지 않아 전전긍긍하고 있던 터라, 얼굴에 맞아 잉크가 흘러내리자 손가락에 찍어 부지런히 쓰기 시작했다.

「자, 이제 배심원들은 판결을 내려라!」

왕은 이제껏 수십 번 되풀이했다가 번번이 묵살된 명령을 또다시 근엄하게 내렸다.

「안돼! 안돼!」 여왕이 소리쳤다. 「선고가 먼저야! 판결은 그 다음이야!」

「선고를 먼저 한다는 건」 앨리스가 외쳤다. 「당치 않아요!」

「입 닥치지 못해!」

얼굴이 새빨개진 여왕이 화가 나 소리쳤다.

「그렇게는 못해요.」

앨리스가 마주 대고 악을 쓰자 여왕은 분을 참지 못하고 젖먹던 힘을 다해 목청껏 외쳐댔다.

「이것의 목을 베어라!」

그러나 아무도 움직이려 하지 않는 것이 아닌가!

「너희들을 겁낼 사람이 어디 있어?」

앨리스가 코웃음을 쳤다. 그녀는 이제 클 대로 커져 본래 그녀의 모

습으로 되돌아와 있었다.

「너희들은 보잘것없는 트럼프 카드일 뿐인데.」

그러나 장내에 있던 모든 트럼프 병정들, 아니 트럼프 카드들이 일제히 공중으로 떠올랐다가 그녀를 향해 덤벼들었다. 겁도 나고 화도 나서 조그맣게 비명을 지른 앨리스는 그것들을 떨어뜨리기 위해 두 팔을 휘젓기 시작했다.

그러다 문득 눈을 뜬 앨리스는 자기가 양지바른 언덕에서 언니의 무를 베고 잠들어 있었다는 걸 깨달을 수 있었다. 언니는 앨리스의 얼굴에 떨어져 내리는 낙엽을 부드러운 손길로 치워주고 있었다.

「앨리스야, 이제 그만 일어나거라.」 언니가 미소를 지으며 그녀에게 말했다. 「웬 낮잠을 그렇게 곤하게 자니? 잠꼬대까지 하면서.」

「아, 나는 너무너무 이상한 꿈을 꾸었어!」

이렇게 탄성을 지른 앨리스는 이제까지 꿈꾼 신기한 내용을 기억하는 데까지 낱낱이 언니에게 들려주었다. 이야기를 모두 들은 언니는 미소를 지으며 그녀에게 입맞춰주고 말했다.

「정말 신기한 꿈이구나. 하지만 빨리 집으로 가지 않으면 차 마실 시간에 늦겠다.」

그래서 앨리스는 몸을 일으켜 집을 향해 달리기 시작했다. 뛰면서도 앨리스는 정말 신기하고 재미있는 꿈이라는 생각을 하고 있었다.

앨리스가 그곳을 떠난 후에도, 언니는 턱을 고이고 뉘엿뉘엿 넘어가는 해를 바라보며 귀여운 동생의 신기한 '꿈속의 모험'을 생각하고 있다가 자신도 모르는 사이에 깜빡 잠이 들었는데 꿈을 꾸었다.

먼저 그녀는 앨리스의 꿈을 꾸었다. 무릎 위에 조그마한 두 손을 얌전히 모으고 앉아 반짝이는 호기심 많은 눈으로 그녀를 올려다 보는 앨리스는 귀여운 입술을 달싹거리며 무슨 말인가를 하고 있었고, 이따금 깜찍하게 머리를 치켜올려 이마에 흘러내린 머리카락을 뒤로 넘겼다. 그런 모습을 바라보고 있는 사이에 그녀는 동생의 꿈속에 등장했던 진기한 수많은 짐승들이 내는 소리를 들을 수 있었다.

바삐 뛰어가는 하얀 토끼의 발길에 스쳐 바스락거리는 풀잎소리, 놀란 생쥐가 눈물의 바다에서 헤엄치는 소리, '3월의 토끼'와 그의 친구들이 찻잔을 부딪치는 소리, 불운한 손님들을 처형하라고 명령하는 여왕의 날카로운 고함소리, 접시나 쟁반이 요란하게 깨지는 곳에서 공작부인의 품에 안긴 돼지아기의 재채기 소리, 그리핀의 괴상한 고함소리, 도마뱀 빌이 판자 위에 연필을 그어대는 소리, 자루 속에 갇힌 돼지쥐의 신음소리 등이 못난 자라가 흐느끼는 소리와 어울려 주위에 가득히 울려 오고 있었다.

그러다가 반쯤 꿈에서 깬 언니는 자기가 아직도 앨리스가 다녀온 '이상한 나라'에 있다고 믿고 싶었다. 하지만 눈을 뜨면 모든 것은 현실로 바뀔 것이라는 것을 그녀는 알고 있었다. 풀잎이 스치며 스러지는 소리는 단순히 바람이 내는 소리이고, 헤엄치는 소리로 들린 것은 갈대가 바람에 흩날리는 소리이며, 찻잔 부딪히는 소리는 양떼의 방울소리이고, 여왕의 호통소리는 목동의 외침소리이며, 자라의 흐느끼는 소리는 멀리서 울어대는 소의 울음소리였고, 그밖에 여러 가지 이상한 짐승의 소리들은 바쁜 농원에서 들려오는 떠들썩한 소리였던 것이다.

마침내 현실로 되돌아온 그녀는 귀여운 동생이 세월이 흘러 성숙한 여인이 되었을 때의 모습을 그려보며, 그 앨리스가 그때까지도 소박하고 사랑스런 마음을 지니고 있을까, 그때에도 예전에 들었던 '이상한 나라의 모험' 같은 이야기에 호기심으로 눈을 반짝이며 귀를 기울일까, 그리고 어린 시절 행복했던 여름날을 기억하며 그때 하찮은 짐승들이 슬퍼해도 같이 슬퍼하고 기뻐하면 같이 기뻐하던 아름답고 따뜻한 감정을 그대로 지니고 있을까를 생각하고 있었다.